www.ingramcontent.com/pod-product-compliance
Lightning Source LLC
LaVergne TN
LVHW050802051026
849532LV00008B/2947
9789369084050

گوشۂ ظرافت

(مزاحیہ مضامین)

برہان حسین

Gosha-e-Zarafat (Humorous Essays)
by: Burhan Hussain
Edition: March '2026
Publisher :
Taemeer Publications LLC (Michigan, USA / Hyderabad, India)

ISBN 978-93-6908-405-0

کتاب	:	**گوشۂ ظرافت** (مزاحیہ مضامین)
مصنف	:	**برہان حسین**
صنف	:	طنز و مزاح
ناشر	:	تعمیر پبلی کیشنز (حیدرآباد، انڈیا)
سالِ اشاعت	:	۲۰۲۶ء
صفحات	:	۷۲
سرورق ڈیزائن	:	تعمیر ویب ڈیزائن

فہرست

برادرِ مکرم
محمد مظفر حسین صدیقی
اور خواہرِ عزیز
بشیر بانو
کے نام
جن کے ادبی ذوق کا میں طفیلی ہوں

تعارف

علامہ اختر زیدی

محمد برہان حسین، اس وقت ملک اور بیرونِ ملک کے اردو داں طبقہ کے جانے پہچانے طنز و مزاح نگار ہیں۔ ان کے فن کے مداحوں کا دائرہ وسیع سے وسیع تر ہوتا جارہا ہے۔ اس اعتبار سے ان کے مضامین کے مجموعہ کو کافی عرصہ قبل ہی شائع ہو جانا چاہئے تھا لیکن ایسا نہ ہو سکنے کی واحد وجہ ان کی ضد رہی کہ "اس کا ابھی وقت نہیں آیا۔"

ان کے مضامین موقر جرائد و اخبارات میں گزشتہ ایک دہے سے شائع ہوتے رہے ہیں ہند و پاک کی مشہور تنظیم "زندہ دِلان حیدر آباد" کے شہ نشین سے محمد برہان حسین چند برسوں سے کامیاب مضامین سنا رہے ہیں۔ ان بنیادوں پر ان کا شمار ملک کے منجھے ہوئے مزاح نگاروں میں ہونے لگا ہے۔

مزاح نگاری کے لئے دو باتیں اہم ہیں۔ پہلی بات یہ ہے کہ زندگی کے واقعات کا سلجھا ہوا مشاہدہ ضروری ہے جس میں انسانی نفسیات کا مطالعہ بھی شامل ہے۔ چونکہ مزاح زندگی سے راست طور پر مربوط ہے۔ طنز و مزاح میں خیال آرائی اور مضمون آفرینی کی گنجائش کم ہی ہے۔ اس کے بعد دوسری اہم بات یہ ہے کہ مزاح نگار میں مزاح انگیزی، مزاح تراشی، مزاح پسندی اور مزاح طرازی کا جوہر بھی ہو۔ برہان حسین کے مضامین کا مطالعہ کرنے سے یہ بات تسلیم کرنا پڑتی ہے کہ ان میں دونوں باتوں کا اچھا امتزاج موجود ہے اور یہ ان کی فطرت کا جزُ بن کر ان کی

شخصیت کا ایک حصہ بن گئی ہیں۔ ان کے مزاح میں آورد نہیں بلکہ آمد ہی آمد ہے۔ ان کے موضوعات کہیں سے لائے ہوئے نہیں ہیں بلکہ وہی ہیں جو ان کے اطراف بکھرے پڑے ہیں۔

پیشہ کے اعتبار سے برہان حسین سائنسدان ہیں۔ صاحب قلم ہونے کا قدرتی تقاضہ ہے کہ وہ سائنس میں جو کچھ جانتے ہیں اور دوسروں تک پہنچانا چاہتے ہیں تو لکھ دیتے ہیں۔ محنت و کوشش نے انھیں اس میدان میں بھی ایک انفرادی رنگ دیا ہے۔ بے شمار مضامین ملک کے بڑے جرائد میں شائع ہو کر مقبول ہو چکے ہیں اور دو کتابیں اشاعت کے مختلف مراحل میں ہیں۔ عہدِ حاضر میں کوئی بھی فن برائے فن نہیں سمجھا جاتا اور اگر کوئی فنکار اس پر اصرار کرے تو وہ فن شناسوں کو متاثر نہیں کر سکتا اس طرح طنز و مزاح بھی صرف برائے طنز و مزاح کسی طرح بھی قابل قبول نہیں ہے اور اس طرح ہو بھی جائے تو یہ بات لطیفہ گوئی کی حدوں سے آگے نہیں بڑھتی۔ اس لئے اچھا مزاح نگار انسان کی نفسیاتی الجھنوں کے ساتھ ساتھ معاشی اور سماجی مسائل کو بھی اپنا موضوع بناتا ہے۔ اس طرح بات صرف قہقہوں کی گونج تک محدود نہیں رہتی بلکہ اس کی تہ میں کوئی سنجیدہ مسئلہ بھی پایا جاتا ہے۔ برہان حسین کے فن کا شعور بھی وسیع ہے جس میں گھریلو زندگی اور سماجی مسائل کے گہرے مطالعہ کی جھلکیاں ملتی ہیں ان کا یہ مجموعہ احباب اور مداحوں کے اصرار پر خاص اہتمام سے فوٹو آفسٹ پر شائع کیا جا رہا ہے۔ ادب میں ان کے موجودہ مقام سے اس امر کا یقین ہے کہ اسے ہاتھوں ہاتھ لیا جائے گا۔

میں آپ وہ اور "تھرل"

پنڈت نہرو نے بہار کے زلزلہ کے متعلق ایک عجیب واقعہ لکھا ہے کہ زلزلہ کے بعد جب ملبہ صاف کیا گیا تو ایک کمسن لڑکی جو تین دن سے زیادہ دفن رہی بالکل زندہ سلامت نکل آئی۔ ہم لوگ اس واقعہ کو پڑھ کر بے حد حیران ہوئے بلکہ اپنے پڑوسی بخشی صاحب کو سنا کر حیران کرنے کی نیت سے اٹھ کھڑے ہوئے مگر بخشی صاحب کے کان پر یہ سن کر کچھ نہیں رینگا بلکہ انھوں نے جواباً ایک پان املی کے بیج کے ساتھ کھا کر ہم کو اس سے زیادہ حیران کن، سنسنی خیز اور عبرت ناک واقعات سنا دیئے۔ ہم نے خود کو ان کے آگے ذہنی طور پر کمتر پایا تو پوچھا قبلہ! آپ ہر روز کتنے اخبارات، رسائل و جرائد کا مطالعہ فرماتے ہوں گے جو "نالج" کا یہ بیش بہا خزانہ بغل میں دبائے پھرتے ہیں۔ انھوں نے فوراً آدھا سگریٹ بجھا کر جیب میں رکھ لیا اور کہا۔

"میاں! یہ سب تو پیٹ بھروں کی باتیں ہیں.......میں تو کبھی کبھی ایک آدمی سے ہاف ہاف چائے پر مل لیتا ہوں جو ایک مقامی اخبار میں "مانئے نہ مانئے" والے قصے لکھتا ہے۔"

حقیقت یہ ہے کہ آج کل کا آدمی بہت کم باتوں سے "تھرل" ہوتا ہے بلکہ یہ کہنا چاہئے کہ اب تھرل ان کا روزمرّہ اور برتنے کی چیز ہے۔ ایک زمانہ تھا کہ لوگ ساری زندگی ایک تھرل کی خاطر ترس ترس کر جان دیتے تھے۔ چنانچہ اکبرالہ آبادی فرماتے ہیں ؎

کیا کریں احباب کیا کارِ نمایاں کر گئے

بی اے ہوئے نوکر ہوئے پنشن ملی اور مر گئے

چنانچہ ایسے پر آشوب زمانہ میں لوگ بابر کی طاقت اور چنگیز خاں کی خونریزی کے قصے صدیوں تک ایک دوسرے کو سنا سنا کر " تھرل" کرتے تھے۔ انگریزوں نے ہندوستانی ذہین لڑکوں کو چن چن کر انگلستان بھیجنا شروع کیا۔ گو بہانہ تھا اعلیٰ تعلیم کا مگر وہ لندن کی چہل پہل اور میموں کے گورے رنگ سے " تھرل" ہوا کرتے تھے۔ ایسے ہی ایک صاحب اپنے قیام لندن کے واقعات سنا رہے تھے اور بار بار اپنے آئی سی ایس قسم کے (یعنی چکنے) سر پر ہاتھ پھیرتے جاتے تھے۔ جب وہ اپنے فٹ بال کے کارنامے بیان کرنے لگے تو ایک خطرناک قسم کے "ٹیڈی" نے ان کے چکنے سر کو شرارت سے دیکھتے ہوئے کہا کہ شاید آپ گولے کو سر سے زیادہ مارا کرتے تھے ...... میرا مطلب زیادہ " ہیڈنگ " سے ہے۔

عہد قدیم میں ہر شے کی ارزانی اور فراوانی تھی مگر " تھرل" ایک شے تھی جو معدوم ہونے میں عنقا سے بھی کچھ زیادہ ہی تھی۔ اکبر اعظم کے ابتدائی دور حکومت میں مغلوں، راجپوتوں، راجپوتوں پٹھانوں، پھر پٹھانوں اور مغلوں غرض ہر ترکیب یعنی (COMBINATION) کی جنگیں لڑی گئیں مگر پھر جو سلسلہ رکا ہے تو بس .... عوام ایک ایک تھرل کو ترس کر جان دینے لگے شہنشاہ نے سوسائٹی کے اس ٹھہراؤ کو توڑنے کی کئی ترکیبیں کیں، کئی ماہانہ، سالانہ اور چند سالہ منصوبے بنائے گئے۔ ان منصوبوں کے تحت مسلمان مردوں کی شادیاں ہندو عورتوں سے، مسلمان عورتوں کی ہندو مردوں سے کروائی گئیں۔

اکبر اعظم نے ملک کی اکثریت اور اقلیت کے مذاہب یعنی ہندو مت اور اسلام دونوں سے انکار کر دیا اور ایک نیا مذہب جاری کیا مگر ان تمام حرکات کے باوجود ملک بھر میں ایک بھی فرقہ وارانہ فساد نہ ہو سکا۔ انہی دنوں ایک بیرونی نامہ نگار نے شہنشاہ سے پوچھا "کیا عالم پناہ ادب میں جمود کے قائل ہیں کیونکہ ابو الفضل کی " آئین اکبری" کے بعد کوئی بھی

معرکہ کی کتاب شائع نہ ہو سکی تو اکبر اعظم نے کہا کہ میں ادب کو ایک ایسا "تھرلنگ" ڈرامہ دوں گا جو رہتی دنیا تک یادگار ہو گا۔ میں نے اس کا نام بھی سوچ لیا ہے، اس کا نام ہو گا "انارکلی" چنانچہ محل میں اس ڈرامہ کا آغاز کروا دیا گیا۔

انسان "تھرل" کا اتنا شوقین کیوں ہے؟ اس کو تھرل کرنے اور خود تھرل ہونے میں اتنی مسرت کیوں ہوتی ہے؟ اس معاملے کو ماہر نفسیات سے رجوع کر دیا گیا ہے جو اگلی صدی کے آخر تک اپنی ابتدائی رائے کا اظہار کر سکیں گے۔ چنانچہ ہم اس بات کو مان کر کہ بہر حال انسان "تھرل" ہونا چاہتا ہے اس مضمون کو شروع کرتے ہیں۔

کیونکہ انسان ہر لمحہ تھرل ہونا چاہتا ہے اس لئے اس شے "تھرل" کو دنیا کے کونے کونے سے حاصل کر کے کونے کونے تک بذریعہ ٹیلی فون، ریڈیو، اخبار اور ٹی وی سے پھیلایا جاتا ہے اب تو روس اور امریکہ چاند اور ستاروں سے بھی "تھرلنگ" خبریں منگوا رہے ہیں۔

جیمس بانڈ ایک ایک امریکن کو چن چن کر "تھرل" کرتا ہے۔ اس کا دیکھا دیکھی ہندوستانی فلموں میں بھی تھرل کو جگہ ملنے لگی لیکن ہندوستانی فلموں میں صرف ہیرو کو "تھرل" کرنے کی اجازت دی گئی ہے۔ اگر کبھی ولین "تھرل" کر دے تو لوگ ناراض ہو جاتے ہیں۔ بعض مار دھاڑ کی فلموں میں ہیروئن بھی تھرل کرتی ہے۔ اس کے علاوہ کتے، بلیوں اور طوطوں کا تو کام ہی یہی ہوتا ہے۔ اگر کبھی کسی فلم میں کوئی عام قسم کا کتا دکھایا جائے یا بلی دکھائی جائے تو لوگ اس انتظار میں نشست پر کسی کروٹ نہیں بیٹھ پاتے کہ پتہ نہیں کب وہ تھرل کر دے اور اگر کتا ساری فلم میں صرف دم ہلاتا رہے تو لوگ ہدایت کار پہ تنقید کرتے ہیں کہ کتے کا نام کاسٹ میں ہیرو کے برابر تو رکھا گیا مگر کام کچھ نہیں لیا گیا۔

آپ نے اکثر محسوس کیا ہو گا کہ آپ کو اس قسم کا افسوس رہا کہ آپ نے ایسا پہلے کیوں نہ سوچا تھا اور آپ کو "تھرل" محسوس ہوتی ہے۔ ایک صاحب کی ایک آنکھ ترچھی تھی۔ وہ نیوی میں بھرتی نہ ہو سکے۔ صاف بات تھی کہ ترچھی آنکھ آڑے آگئی مگر جب ان سے

ملاقات ہوئی تو ہم یہ سن کر تھرل ہو گئے کہ ڈاکٹر نے ان کی دراصل اچھی آنکھ پہ اعتراض کیا تھا۔

اس قسم کے واقعات تاریخ کے دور میں اور اس سے قبل پتھر یا لوہے کے دور میں بھی ہوا کرتے تھے۔ چنانچہ ایک واقعہ لطور سند پیش ہے سیزر اور انطونیو دونوں کلوپٹرا سے محبت کرتے تھے۔ انطونیو خوبصورت اور جوان تھا۔ ظاہر ہے اس کے چانس (مواقع) زیادہ ہوں گے مگر ایک دن سیزر نے انطونیو سے کہا کہ وہ کلوپٹرا سے شادی کرنے والا ہے تو انطونیو "تھرل" ہو گیا کہ یہ خیال اسے کیوں نہ آیا۔ خیر اس میں ایک خرابی یہ بھی تھی وہ کھلاڑی بہت اچھا تھا اور ورزش کرنے والوں کے ذہن میں ذرا بات دیر سے اترتی ہے۔

مسٹر فرکشن (یا کوئی اور نام ہوگا) کو زندگی بھر ہندوستانیوں سے چھیڑ چھاڑ کی عادت رہی.... کیوں؟

مورخ خاموش ہیں اور بعض صرف واللہ اعلم پہ اکتفا کرتے ہیں۔ ان کی کتاب میں وہ لکھتے ہیں "میں نے شادی کے بعد بیوی سے محبت کرنے کا جان لیوا تجربہ کیا" وہ آگے لکھتے ہیں

" ایک ہندوستانی اس حد تک خوش نصیب ہے کہ اس کی زندگی میں اتار چڑھاؤ ہوتے ہیں جب کہ ایک امریکن اس معاملے میں ایک بدنصیب انسان ہے۔ ایک امریکن کی زندگی بھی کوئی زندگی ہے۔ پھیکی، بدمزہ، کوئی اتار نہ چڑھاؤ نہ "تھرل" ایک ایسے شخص کا تصور کیجیے جو صبح اٹھتا ہے، خبریں سنتا نہیں، ٹیلی ویژن پہ دیکھتا ہے اور ساتھ ہی اس کا شیو بن رہا ہے۔ کھٹکا دبایا اور بجلی حاضر خدمت ہو گئی۔ کم بخت نے توس تیار کیے، چائے بنا ڈالی، گھر صاف کیا اور پھر الماری دھلے ہوئے استری شدہ سوٹ نکل آئے، نیچے اترے، کار نکالی اور موڑ پر پڑوس کی حسین لڑکی لفٹ پلیز کہہ کر بازو آ بیٹھی۔ واپسی میں طبیعت لہرائی تو سمندر کے ساتھ ساتھ کچھ دیر چلے اور گھر واپس۔ بتائیے اس میں تھرل کی گنجائش کہاں۔ اب آئیے ایک ہندوستانی کی زندگی کی طرف۔

.... وہ رات بھر گرمی اور کھٹملوں سے سو نہ سکا۔ صبح ہونے میں آدھا گھنٹہ ہو تو سو جاتا ہے،

تاکہ سند رہے کہ رات بھر سوتا رہا۔ صبح اٹھ کر بیوی کی چولہے سے کشمکش دیکھتا ہے۔ پھر بس کی قطار میں کھڑے ہو کر بسوں کے گھنٹیاں بجا کر بغیر رکے گزرنے کے دلکش مناظر سے لطف اندوز ہوتا ہے۔ شام تک دفتر میں خوب کام کرتا ہے۔ اگر شام طبیعت لہراتی ہے تو ٹائپسٹ لڑکی کے ساتھ پکچر چلا جاتا ہے۔ یہ سمجھ کر کہ بیوی تو میکہ میں ہے ہی، کہہ دے گا کہ دفتر میں زیادہ کام تھا اور دیر ہو گئی۔ پکچر میں انٹرول ہوا تو سامنے کی قطار میں بیوی اپنے ایک بدنام کزن کے ساتھ موجود۔

ایک عام امریکن اپنی زندگی میں " تھرل کرنے کے لئے جیمس بانڈ اور پیری میسن کو وٹامن کی ٹکیوں کی طرح پابندی سے استعمال کرتا ہے۔ جاسوسی اور جرائم کی فلمیں دیکھنے کے دوران اپنے رونگٹوں کو چیک کرتا رہتا ہے۔۔۔ اس طرح فلم ہٹ ہو جاتی ہے۔ وہ فٹ بال اور بیس بال کے کھیل دیکھ کر چیخیں مارتا ہے اور اس طرح اپنی آمدنی کا ایک معقول حصہ اس امید پر خرچ کر ڈالتا ہے کہ وہ تھرل ہو سکے گا۔

" تھرل" دو قسم کا ہوتا ہے۔ ایک تو وہ جو دوسرا آدمی آپ کو عطا کرتا ہے۔ دوسرا وہ جو آپ کو اپنے اندر ہی اندر محسوس ہوتا ہے۔ ایک صاحب کچھ دیر سوچتے رہے پھر چونک پڑے معلوم ہوا کہ وہ موجودہ بیوی سے تنگ آکر دوسری شادی کی سوچ رہے تھے پھر احساس ہوا کہ یہ ان کی دوسری غلطی ہوگی۔ وہ چونک پڑے پھر عرصہ تک خود پر تعجب کرتے رہے۔

" تھرل کر دینا دراصل ایک مکمل فن ہے۔ بعض حضرات کو اس کی اس قدر مشق ہوتی ہے کہ وہ سنجیدہ اور خاموش ماحول کے ساتھ اپنے ایک آدھا جملے سے یا حرکت سے وہی بات پیدا کرتے ہیں جو ایک پرسکون نیلے نیلے پانی میں پتھر مارنے سے پیدا ہوتی ہے۔ ایسے لوگوں کو لوگ اچھی نظروں سے نہیں دیکھتے مگر یہ لوگ بھی دوسروں کو بڑی خطرناک نظروں سے ٹٹولتے رہتے ہیں۔

ایک صاحب بازار کا چڑھتا ہوا بھاؤ اور گرانی سنا سنا کر لوگوں کے ہوش اڑا رہے تھے۔ ہر طرف ہر بھاؤ پر " ہائے"، " اُف" وغیرہ کی آوازیں بلند ہو رہی تھیں۔ ماحول یہ

عجیب وحشت ناک حد تک سنجیدگی طاری تھی جب وہ بولے " حد یہ ہوگئی کہ تیل بھی چھ روپے فی کلو فروخت ہو رہا ہے تو ایک نوجوان نے سگریٹ کا طویل کش لے کر پوچھا " کیروسین ؟" لوگ ہنسنے لگے۔ کچھ اس کی نادانی، اس کی لاپرواہی وغیرہ پر تنقید کرنے لگے۔ ماحول کی ساری سنجیدگی برباد ہوگئی۔

" تھرل" پر اتنا کم لکھا گیا ہے کہ بعض اوقات لوگ " تھرل" سورج کو دکھانے کی کوشش کرتے ہیں۔ حالانکہ ایسا کوئی محاورہ اردو میں نہیں۔ بہر حال اس زبان میں سب سے پہلے " تھرل" کا ترجمہ کرنے کی ضرورت ہے۔ چنانچہ میں اس مضمون کو روک کر ہی کچھ کرنے والا ہوں۔

■■

ہم

اور

انگریزی

سنتے ہیں اردو کے مشہور ادیب نذیر احمد مرحوم سے کسی انگریز نے ماقبل آزادئ ہند کہا تھا۔

" ول مسٹر نذیر احمد! ہم ٹمارا زبان بولٹا ٹم ہمارا زبان کیوں نہیں بول سکٹا؟"

پہلے تو "سکٹا" سُن کر مولانا سکتے میں آگئے پھر کہا" جناب آپ جس حرکت کو زبان بولنا سمجھتے ہیں دراصل وہ زبان خراب کرنا ہے۔" مرحوم کو خطرہ تھا کہ انگریز اردو زبان کو خراب کر دیں گے۔ مگر ہوا الٹا یعنی خرابی ہوئی انگریزی کی۔۔۔۔۔ انگریزی بولنے والے گو حاکم تھے مگر تعداد میں کم اور ان کی گفتگو بھی" اٹ از ہاٹ ٹوڈے" اور " کولڈ ناؤ" سے نہیں بڑھتی تھی۔

نتیجہ یہ ہوا کہ اردو انگریزی پر اس قدر حاوی ہوتی گئی کہ اس کی پہچان مشکل ہونے لگی۔ ایک انگریزی کے پروفیسر نے ایک خوبصورت لڑکی سے جو مدر، کو مادر اور بردر کو برادر تلفظ کرتی تھی، کہا" بی بی! انگریزوں کو ہندوستان سے گاندھی جی نے نہیں آپ لوگوں کی انگریزی سے دلچسپی نے بھگایا تھا۔"

سنتے ہیں کسی انگریز فوجی جنرل نے ایک دفعہ کہا تھا" اس قوم نے ہماری زبان کی یہ درگت بنا دی۔ پتہ نہیں ہمارا کیا حشر کرے۔"

اردو زبان کے ماہرین ہمیشہ فخریہ طور پر کہا کرتے ہیں کہ اردو زبان میں دوسری زبانوں کے جذب کرنے کی غیر معمولی صلاحیت موجود ہے مگر ایک دفعہ ڈاکٹر جانسن کے دور کے رشتہ دار نے

کہا تھا کہ دراصل یہ صلاحیت زبان سے کہیں زیادہ اہل زبان میں موجود ہے۔خصوصیت سے بعض الفاظ کا تلفظ اس قدر لچک دار انداز میں کیا جاتا ہے کہ انگریز بھی چکرا جاتے ہیں مثلاً شروع شروع میں لفظ فروٹ سالد، کی ہندوستانی گھرانوں اور کھانوں میں خوب آؤ بھگت ہوئی لوگ اس لفظ کو بولنے کے شوق میں اسے ضرور کھاتے.........خیر پھل کھانا تو اچھی بات بھی ہے......اس کو نفاست سے تیار کرلیا جاتا تھا اور خوبصورتی سے تلفظ کیا جاتا تھا۔رفتہ رفتہ یہ لفظ ولایتی لوگوں سے بٹلروں کے توسط سے اوسط ہندوستانی گھروں میں پہنچا۔وہاں اس کو شیروانی، ٹوپی اور دھوتی وغیرہ پہنا کر"فروٹ سالٹ"بنا دیا گیا۔

اردو اخبار کے کاتب کی دلچسپ ہستی اور اس کے پیارے لطیفے لوگ چائے کے ساتھ استعمال کرتے ہیں چنانچہ ان کے طفیل ایک صاحب بھری محفل میں کیوبا کے صدر کا نام فیڈرل کاسٹرو کہہ کر قطعاً شرمندہ نہیں ہوئے۔

ایک زمانے میں "ہندو کوڈبل" کے ذکر سے اخبارات بھرے پڑے تھے جسے اردو میں لوگ "ہندو۔کو۔ڈبل" پڑھتے تھے۔میرے پڑوسی سورج مل یہ پڑھ کر حد درجہ پریشان و رنجیدہ رہتے تھے کہ اب کچھ نہ کچھ ہونے والا ہے جو ہندوؤں کو ڈبل ہوگا اور حسرت سے اپنے مسلمان اور عیسائی دوستوں کو مبارک باد دیتے کہ انھیں ڈبل نہیں ہوگا۔

"کیا چیز؟......کہتے" پتہ نہیں ابھی اس کی تفصیل نہیں آئی۔سچ ہے خدا جس کو ہدایت دے وہی صحیح راستہ پر چل سکتا۔جگر صاحب نے کہا ہے "اللہ اگر توفیق نہ دے انسان کے بس کا کام نہیں.........بعض لوگ بچوں کا نام توفیق رکھ کر خوش ہوتے ہیں۔حالانکہ اصل بات یہ نہیں ہے۔

"نیم حکیم خطرۂ جان۔یعنی اگر آپ کا ماحول نیم ہندی یا نیم انگریزی ہو تو برابر کا خطرہ ہوگا۔ایک فرقہ پرست لیڈر جو بدقسمتی سے بے تعلیم مگر خوش قسمتی سے اسمبلی کے ممبر تھے روز ریڈیو پر سنتے تھے کہ" نیفا کی صورت حال اچھی نہیں!!"......

"وزیر اعظم نیفا کی حالت کا تفصیل سے جائزہ لے رہے ہیں......

"نیفا" ہندوستان کے لئے دردسر ہے۔" چنانچہ انھوں نے ایک پبلک جلسہ میں تقریر فرمادی۔ "اس وقت ہندوستان کے دو بڑے سیاسی دشمن ہیں۔ ایک ہیں کرشنا مینن دوسرے نیفا"

گزرے دنوں کی بات ہے جب کہ صرف آئی سی ایس اور لندن ریٹرنڈ لوگوں کے بچوں کو ہی پپّا اور ڈیڈی کہہ کر اپنے ماں باپ کو بلانے کی اجازت ہوتی تھی.... آج کل کی طرح نہیں کہ "منّا پپا کہاں ہیں؟"

پپا؟.... پپا رکشہ لے کر سکنڈ شو کی سواریوں کو گئے...... خیر اس زمانہ میں چار حیدرآبادی نوجوانوں کو عین حالت شیروانی میں پکڑ کر ڈاکٹری کی اعلیٰ تعلیم کے لئے ولایت روانہ کردیا گیا۔ ان کی سہولت کی خاطر ایک ماما بھی ساتھ کردی گئی تاکہ ان کو حیدرآبادی کھلانے وہاں بھی بلا کریں۔ یہ چاروں چہار درویش کی طرح ساتھ اٹھتے بیٹھتے، کھاتے پیتے اور گھومتے تھے۔ پانچ چھ سال میں تعلیم مکمل ہوئی اور چاروں حیدرآباد واپس ہوئے۔ اسٹیشن نامپلی پر احباب کا ہجوم ہراساں تھا کہ پتہ نہیں کہ صاحبزادے "وِل کم" بولتے ہیں کہ "ہلو ڈیڈی"!......

ٹرین آئی تو موصوف ٹھیٹ شیروانی میں ملبوس حیدرآبادی لہجہ میں "آپ بھی آئیں.. کائیکو آئیں...... ابا جان آپ تو نہیں آنا تھا" کہتے اترے۔ لوگ مسرت و اطمینان کی ایک لہر کو ایک دوسرے کے چہرے پر دیکھ رہے تھے کہ ریل کے ڈبہ میں سے کسی عورت کے فرفر خالص آکسفورڈ کے لہجہ میں انگریزی بولنے کی آواز آئی۔ لوگ سٹپٹائے کیوں کہ ان دنوں انگلستان سے میم لانے کا عام رواج سا ہو چکا تھا۔ اب جو دیکھتے ہیں تو اسکرٹ میں ملبوس زفر کرتی ماما ڈبہ سے باہر آئی۔

ایک اور دلچسپ ادا ہم لوگوں کی ایسی ہے جس پر جتنی بلائیں نازل ہوں کم ہیں کہ ہم لوگ آدمی کے لباس سے اس کی انگریزی کی خواندگی کا اندازہ لگانے کی غلطی کر ڈالتے ہیں جیسے ملاّ نصیر الدین نے جب ایک آدمی کا عربی خط پڑھ ڈالنے سے معذرت ظاہر کی اور اس آدمی نے بگڑ کر

کہا۔ شرم نہیں آتی اتنی بڑی پگڑی باندھ رکھی ہے اور عربی نہیں آتی۔"

ملّا نے فوراً پگڑی اتار کر اس کے سر پر رکھ دی اور کہا " اگر پگڑی باندھنے سے عربی آتی ہے تو لو تم خود اپنا خط پڑھ لو۔"

چنانچہ یہاں قصہ یہ ہے کہ کسی بے چارہ نے سسرال جانے کے لئے سوٹ پہنا اور سڑک پر پہنچتے ہی کئی حضرات اس سے لپٹ پڑتے ہیں کہ " ذرا یہ تار پڑھ دیجئے، ذرا خط لکھ دیجئے اور یہ غلطی صرف عام حضرات ہی نہیں خاص حضرات بھی کرتے ہیں۔ چنانچہ سریندر ناتھ بنرجی نے لکھا ہے کہ کلکتہ اسٹیشن پر فرسٹ کلاس کے ڈبہ میں کئی اشخاص ایک سفید پوش اور اور بارش بوڑھے کو سوار کرا گئے۔ سریندر ناتھ نے اس کی ہیئت سے اندازہ لگایا کہ وہ سنیاسی ہوگا اور منہ موڑ کر باہر دیکھنے لگے۔ اتنے میں آواز آئی۔

" ول ینگ مین ! وہیر آر یو گوئنگ "

سریندر ناتھ نے ڈبہ میں گھوم کر دیکھا۔ تب معلوم ہوا کہ وہ سنیاسی مشہور سائنسدان پی۔ سی۔ رے تھے۔

لہٰذا دونوں باتیں غلط ہیں کہ اگر کوئی سوٹ پہنے تو یہ سمجھنا کہ وہ انگریزی سے واقف ہوگا۔ ہوسکتا ہے وہ یہ کہہ دے کہ " یہ سوٹ میرا نہیں ہے" یا پھر کسی چبوترے پر لنگی باندھے بیٹھا اور بیڑی پیتا ہوا شخص انگریزی کا مشہور جرنلسٹ ہو سکتا ہے۔

■■

خودکشی

ناگپور ۲۵؍دسمبر۔ مزدور لچھما نے کل دن کے دو بجے خودکشی کرلی۔ بتایا جاتا ہے کہ لچھما نے گھریلو جھگڑوں، بیوی کی سنیما بینی اور فلم ایکٹروں سے والہانہ محبت اور خود اس سے ہیما مالنی کی بے التفاتی سے تنگ آکر خودکشی کرلی۔ اس نے پہلے دھتورے کے بیج کھائے تھے لیکن موت کے کوئی آثار نظر نہ آئے تو اس نے کپڑوں پر قیمتی کیروسین چھڑک کر آگ لگا لی۔

پولیس ابھی تحقیقات کر رہی ہے۔ بھلا موت کے بعد آدمی پولیس سے نجات پائے کیوں؟

" لندن ۲۵؍دسمبر۔ ایک عینی شاہد کا بیان ہے کہ کرسمس کی چمکتی دمکتی رات کو ۱۲ سالہ حسینہ ازابیلا نے خودکشی کرلی۔ ازابیلا دریائے ٹیمز کے کنارے اپنے معشوق نما عاشق کا انتظار کر رہی تھی۔ وہ نہ آیا تو ازابیلا نے خود کو ٹیمز کے حوالے کر دیا۔ وہ تیرنا جانتی تھی اور باوجود کوشش کے خود کو ڈبو نہ سکی۔ آخر اس نے کنارہ پر آکر ایک پتھر سے ٹکرا کر اپنا سر توڑ لیا اور مرگئی۔ پولیس تحقیقات کر رہی ہے کیوں کہ وہ انگریز عورت تھی" ؎

ہائے اُس زود پشیماں کا پشیماں ہونا!

خودکشی کے ان دو واقعات کو پڑھنے کے بعد چند باتیں ذہن میں آتی ہیں۔ اوّل یہ کہ خودکشی اگرچہ جرم ہے مگر چند حالات میں بے حد ضروری ہوتی ہے۔ بے شمار افراد خودکشی کرنے کے معاملہ میں سنجیدہ ہوتے ہیں مگر غیر صحیح طریقے اپنانے کی وجہ سے مر نہیں پاتے اور چند افراد دکھاوے

کے لئے خودکشی کرتے ہیں اور غلطی سے مرجاتے ہیں یعنی خودکشی کے ہر دو طریقوں کے لئے مکمل اور بے داغ جسے انگریزی میں فول پروف کہیں گے منصوبہ بندی کی ضرورت ہے۔ اب لچھاہی کو لیجئے۔ اس نے کس قدر ہمت سے کام لے کر دھتورے کے بیج خریدے ہوں گے۔ دکاندار نے اس کو دیکھا ہوگا ٹٹول ٹٹول کر کہ وہ کس ارادہ سے خرید رہا تھا۔ پہلے تو لچھما نے گھبرا کر نگاہیں جھکا لی ہوں گی۔ پھر دل نے کہا ہوگا کہ "بچو! خودکشی کر چکے تم" اس نے کھنکار کر کہا ہوگا "کتنے پیسے؟" پھر وہ گھر پہنچا ہوگا اور ہیما مالنی کی تصویر اور بیوی کو حسرت سے دیکھا ہوگا اور دل میں گالیاں دی ہوں گی اور دھتورے کے بیج کھا کر چادر تان کر سو گیا مگر وہ سو کر اٹھ بیٹھا۔ ایک دو بار بیت الخلاء جانا پڑا، قصہ ختم۔ مگر اس پر اس کو اور طیش آ گیا اور اس نے نکڑ کی دوکان سے کیروسین خریدا۔ دوکاندار نے رعب سے کہا" دو روپے فی شیشہ"۔ اس نے کہا لاؤ بھئی لاؤ۔ پیسے ابھی بچے سے بھجواتا ہوں"۔ دل میں مسرور تھا کہ میاں چار روپے لو چار روپے۔

نالائق..... چنانچہ اس نے خود کو جلا کر خودکشی کی۔ اگر لچھما نے دھتورے کے بیج کو خرید کر جانچ کی ہوتی کہ وہ اصلی ہیں یا ککڑی اور تربوز کے بیج ہیں تو دوسرا حربہ اختیار نہ کرنا پڑتا مگر خودکشی کرتے وقت ان باتوں کا کس کو ہوش رہتا ہے۔

بہر حال اس کو محض موزوں منصوبہ نہ ہونے کی وجہ سے اس قدر اذیت ناک موت اپنانی پڑی کہ اس کا سارا جسم جھلس گیا۔ ہڈیوں سے گوشت کے لوتھڑے کے لوتھڑے الگ ہو گئے جو لوگ اس کے آخری دیدار کے لئے آئے وہ کئی رات سو نہ سکے اور اگر سو بھی جاتے تو چیخیں مار مار کر اٹھ بیٹھتے۔

دوسری طرف ازابیلا نے گو ناکام محبت پر موت کو ترجیح دی۔ وہ اس قدر پریشان ہو گئی کہ اس کو یہ یاد نہ رہا کہ وہ تیرنا نہ صرف جانتی ہے بلکہ تیز اور دیر تک تیرنے میں کئی انعامات بھی حاصل کر چکی ہے۔ معصوم لڑکی ایک دم پانی میں کود پڑی پھر بھی غنیمت ہوئی کہ وقت پر

اس کے انگریز ذہن نے رہنمائی کی اور وہ خودکشی کرنے میں کامیاب ہوگئی۔

خودکشی کا اقدام بھی " سانپ کے منہ کا چھچھوندر" ہے۔ اگر کامیاب ہوا تو مرا اور ناکام ہوا تو جیل گیا۔ مگر بعض خاندان کے خاندان خودکشیاں کرتے ہیں مگر تعداد میں کوئی کمی نہیں ہوتی۔ ایک صاحب خودکشی کرنے کے لئے سنکھیا کو پینے بیٹھ جاتے ہیں۔ دوسرے صاحب نیند کی گولیاں کھا کر دوست کے پاس جا بیٹھتے ہیں تاکہ وہ دوا خانے میں شریک کروا دے۔ ایسے ہی غیر سنجیدہ لوگوں نے خودکشی کی ساکھ کو متاثر کیا ہے۔

مگر ایک بات سمجھ میں نہیں آتی کہ خودکشی کرنے کو حکومت جرم کیوں قرار دیتی ہے۔ اور حکومت کے اس اقدام کو لوگ فرد کی آزادی میں مداخلت کیوں قرار نہیں دیتے۔ ہمارا تو خیال ہے کہ عوام کو چاہئے کہ حکومت پر دباؤ ڈال کر ایک علیحدہ شعبۂ خودکشی قائم کروا لیا جائے۔ جہاں حکومت نہ صرف دو گزیٹیڈ آفیسروں کی تصدیق پر کہ اس شخص کی زندگی کے حالات اس قابل نہیں کہ وہ زندہ رہ سکے بہتر ہے کہ وہ خودکشی کرلے" اس کو معمولی یا بھاری فیس لے کر خودکشی کا لائسنس دے دے بلکہ اس کی جائداد کے کاغذات کی منتقلی، پراویڈنٹ فنڈ، فیملی پنشن وغیرہ کے کاغذات پر دستخطیں لے لے۔ اس کے بعد درخواست گزار کو خودکشی کے پراسپکٹس (چھپے ہوئے) حوالے کرے کہ وہ اپنے لئے کوئی ایک طریقہ منتخب کرلے۔ مثلاً ایک صاحب پانی سے ڈرتے ہیں اور آگ سے بھی۔ اختلاج قلب کے مریض بھی ہیں۔ اتنے نازک دماغ بھی ہیں کہ کڑوی گولیاں بھی نہیں نگل سکتے۔ ایسے شخص کے لئے حکومت شکر کا خول چڑھائی ہوئی زہریلی کیپسول تیار کرکے پیش کرسکتی ہے۔

جب لائسنس کی بات چلی ہے تو رشوت کی بات بھی چل سکتی ہے۔ ہو سکتا ہے کہ دوسرے اور محکموں کی طرح محکمۂ خودکشی میں بھی دولت مند اور با اثر لوگ اس

لائسنس کے جائز حق دار یعنی غریب، مزدور اور کلرکس کے مقابلہ میں روپیہ بھر کر یا اثر استعمال کرکے لائسنس حاصل کرنے میں کامیاب ہوجائیں۔ ان لائسنسوں کی چوری بھی ہوسکتی ہے۔ ہوسکتا ہے کہ انور کی خودکشی کا لائسنس جاوید چپکے سے چرا کر خودکشی کرے۔ اگر ایسا ہوا..... تو گفتگو سنئے۔

انور۔" شرم کی بات ہے کہ ہم دنیا کے پاپڑ بیل کر لائسنس حاصل کریں اور فائدہ اٹھائے دوسرا۔"

منور۔ (بھائی) بھئی، دراصل ضرورت تو جاوید ہی کو تھی، تم نے محض وحشت جنگ کی سفارش چلا کر یہ لائسنس لے لیا تھا۔ ویسے اس محکمہ کا منتظم تو تمہارے سالے کا دوست ہے اور رشوت خور بھی۔"

انور۔" ارے صاحب رشوت کون نہیں لیتا اور اس بے چارے کے تو چھوٹے چھوٹے بچے ہیں جن کو قوم کی خاطر وہ پبلک اسکول میں پڑھا رہا ہے۔"

حکومت اور چینیوں کے کوٹوں کی طرح خودکشی کے کوٹے بھی ہر صوبہ کو الاٹ کر دے گی۔ جیسے بمبئی دو ہزار، کانپور ایک ہزار۔ کیوں کہ کوٹہ سسٹم میں رشوت اور کالے بازاری کا موقع فراہم ہوتا ہے۔

ایک گفتگو ملاحظہ ہو۔

وشوناتھ۔ اُف یہ موٹر اس قدر ستا رہی ہے کہ جی چاہتا ہے خودکشی کرلوں۔

نادر علی۔ خودکشی؟ تم نے کس سال اس کا رجسٹریشن کروایا تھا؟ (خودکشی کا، موٹر کا نہیں)۔

وشوناتھ۔ ۱۹۶۰ء میں۔

نادر علی۔ میں نے سن ۱۹۵۵ء میں کروایا تھا۔ ابھی تک ویٹنگ لسٹ ہی میں لٹک رہے ہیں۔ دیکھئے کب قسمت جاگتی ہے۔ (آہ سرد)

جب خودکشی میں باقاعدگی آجائے گی تو سماج میں اس کا اپنا مقام بھی بن جائے گا۔

چنانچہ نعیمہ نے اپنے شوہر سے کہا۔ ’’اُف آپ کس قدر کٹھور ہیں کہ میرا بھائی ۲۲ رجون کو خودکشی کرنے والا ہے اور میں اس کی دعوت گلپوشی بھی نہ کروں ؟‘‘

شوہر۔ ’’اس سے تو اچھا ہے کہ وہ قرض جس کی وجہ سے وہ خودکشی کر رہا ہے، میں ہی ادا کردوں...... کم از کم تمہاری خاطر......‘‘

نعیمہ۔ ’’یہ نہیں ہوسکتا۔ وہ اگر اپنا لائسنس بلیک کرلیں تو بھی قرض سے چھٹکارا پاسکتے ہیں مگر اب تو یہ ان کے وقار کا مسئلہ بن چکا ہے۔‘‘

محفلِ پرسہ...............

شعبۂ نسواں

امیر بھائی کی موت کی اطلاع ان کی بہن چھوٹی بیگم کو رات ہی میں مل گئی تھی لیکن انھوں نے اطلاع دینے والے شرفو میاں سے معاہدہ کر لیا تھا۔ چونکہ صبح ان کے پاس نہاری کی دعوت تھی اس لیے وہ خبر کو دعوت کے ختم تک انھیں نہ دیں۔ چنانچہ شرفو میاں نے جنھیں آخر میں کھلایا گیا تھا، بچا کھچا کھا کر ڈکار لی اور پھر چھوٹی بیگم سے کہا کہ وہ امیر بھائی کی میت میں تشریف لائیں۔

چھوٹی بیگم کی گاڑی جب امیر میاں کے دروازہ پر رکی تو چھوٹی بیگم نے پان تھوک کر منہ کو صاف کیا، ساڑی کو مضبوط باندھا کہ کہیں غم سے بے قابو ہونے میں کھل نہ جائے بالوں کو تھوڑا الجھا لیا اور گاڑی سے کود کر دروازہ میں چیخیں مارتی ہوئی داخل ہوئیں اور سیڑھیوں پر ڈھیر ہوگئیں۔ ان کی لڑکی نے چیخ چیخ کر دوسری عورتوں سے عطر مانگنا شروع کیا۔ تاکہ انھیں ہوش میں لایا جائے۔ ایک عورت نے کہا۔

"اری دیوانی بچی! میت کے گھر میں عطر کہاں سے لائیں"۔

لڑکی نے کہا" امیر چاچی کو بے ہوش ہونے پر سُنگھائے ہوں گے"۔

ایک عورت نے کہا" آج ان کو عطر نہیں سُنگھا رہے ہیں۔ چونکہ وہ آج حقیقت میں بے ہوش

ہوتی ہیں اور عطر سے کوئی فائدہ نہیں ہوا۔"

دوسری عورت نے کہا" ارے تھوڑا پیاز کا عرق نکال کر ناک میں ڈالو۔"

یہ خطرناک تجویز سن کر چھوٹی بیگم ہوش میں آ گئیں اور پھر دوبارہ بے ہوش نہیں ہو سکیں۔

چھوٹی بیگم نے امیر دُلہن سے لپٹ کر دہاڑیں ماریں کہ نقشہ جما دیا۔ پھر غصّہ سے برہم ہو کر بولیں " میرا بھائی مرگیا اور مجھے اب خبر دی گئی۔ اپنے ہوتے سوتوں کو تو بھابی نے پہلے جمع کر لیا۔"

امیر دُلہن کی بہن نے کہا" شرفو میاں کے ذریعہ سب کو خبر دی گئی۔ کوئی اُسی وقت چل پڑے کوئی سہولت سے کھا پی کر آئے، ہم کیا کریں۔"

چھوٹی بیگم تڑپ کر چیخیں " کون کھا پی کر آیا۔ کون" لیکن چیختے ہی ان کے حلق سے شوربہ منہ میں آگیا۔ انھوں نے فوراً کپڑا منہ پر رکھ لیا۔

پھر بھی ایک عورت نے کہا۔" ارے یہ نہاری کی بو کہاں سے آ رہی ہے؟"

دوسری عورت نے کہا" یہ وقت گلہ شکوہ کا نہیں۔ میت گھر میں پڑی ہے۔"

بعد میں دیکھیں گے کہ آپ کو رات میں اطلاع کیوں نہ ہو پائی۔"

ایک لڑکی نے کہا" بعد میں ریٹائرڈ ایڈوکیٹ سے انکوائری کرائیں گے۔"

(چھوٹی بیگم کے میاں بے روزگار ایڈوکیٹ تھے)

دوسری لڑکی نے کہا" انکوائری ریٹائرڈ جج سے کرواتے ہیں۔ ایڈوکیٹ ریٹائرڈ نہیں ہوتا بدنام ہوتا ہے۔"

چھوٹی بیگم نے لڑکیوں پر قاہرانہ نظر ڈال کر کہا کہ " یہ کون لڑکیاں ہیں؟ یہ کوئی مذاق دل لگی کا وقت ہے۔"

امیر میاں کی دور کی بہن زیب النسا کو خبر ملی تو پہلے تو انھوں نے کوئی خاص اہمیت

نہیں دی لیکن ایک منصوبہ اُن کے ذہن میں آیا کہ کیوں نہ اس موقع سے فائدہ اٹھا کر اپنی سہیلی مہرالنسا کو اس کے لڑکے کی شادی کے لئے رضیہ بیگم کی لڑکی کو دکھا دیں۔ وہ تیار ہوکر مہرالنسا کے گھر گئیں اور انھیں ساتھ لے کر امیر میاں کے گھر پہنچیں۔ اگرچہ مہرالنسا کا امیر میاں یا امیر دُلہن سے کوئی تعلق نہیں تھا۔

دونوں گاڑی سے اتر کر دروازہ میں داخل ہوئی ہی تھیں کہ امیر میاں مرحوم کی بڑی بھاوج دہاڑیں مار کر مہرالنسا سے لپٹ گئیں۔ مہرالنسا کی مُنڈی کو کچھ اس طرح انھوں نے بغل میں دبایا کہ پسینہ اور کپڑوں کی بدبو سے مہرالنسا کا دَم رُک گیا۔ زیب النسا نے خود کو پیش کر کے اپنی سہیلی کو چھڑایا۔

مہرالنسا نے آہستہ سے کہا" اُوق۔ مجھے متلی ہو رہی ہے"۔

زیب النسا نے کہا" لو! اس دفعہ تو ضرور لڑکی ہوگی تمہیں"۔

مہرالنسا نے بُری صورت بنا کر پلّو منہ پر رکھ لیا۔ تب زیب النسا معاملہ کو سمجھیں۔ "ساری ڈیئر" کہہ کر آگے بڑھیں۔

کسی نے مردانہ حصہ سے آواز دی" بھئی! کوئی سفید چادر ہو تو باہر بھجوایئے"۔ امیر بیگم نے اپنی بھانجی کوثر کو کنجیاں دیں کہ اندر کے کمرے میں الماری ہے اس میں سے چادر نکال لائے۔

بے چاری کوثر اندر کے کمرہ میں گئی تو الماری کے پیچھے کچھ سرسراہٹ محسوس ہوئی۔

پہلا ڈائلاگ مردانہ آواز میں تھا" ڈارلنگ بھئی ہر میّت میں آجایا کرو۔ تمہیں دیکھنے کو جی ترس اٹھتا ہے۔ شادی کے بعد تو تم نظر ہی نہیں آئیں"۔

جواب زنانی آواز میں" تو پھر معاہدہ کر لو کہ ہر رشتہ دار کی شادی اور میّت پر تم ہم پابندی سے آئیں گے"۔

مردانہ جواب" اری پگلی! شادی پر تو دعوت ہو تب ہی آسکتے ہیں۔ البتہ میت ہو تو خود سے آسکتے ہیں۔ اس لئے صرف میت ہی کا معاہدہ کر دو"۔

زنانہ آواز" اچھا۔ اب تو دیکھ لیا نا، اب چلتی ہوں ورنہ کوئی دیکھ نہ لے"۔

دالان کے ایک گوشہ میں دو عورتیں کھسر پھسر کر رہی ہیں۔

ایک۔ "بڈھی۔ بدحال تو ہو رہی ہے مگر بڈھا، جائداد اچھی ہی چھوڑا۔ اب یہ عمر میں شوہر ہو نہ ہو کیا ہے۔ روپیہ تو ہے۔ آرام سے رہو"۔

دوسری۔ "ہاں! مگر یہ مکان کس کے نام پر ہے پتہ نہیں۔ اگر امیر میاں کے نام پر ہے تو پھر اُن کے بڑے بھائی کھا جائیں گے"۔

"وہ کیسے؟"

"اری۔ یہ قانونی معاملات ہیں۔ ہمارے میاں بھی تو وکیل ہیں۔ بعد میں بتاؤں گی"۔

"مگر اکسائز کی کمائی کا ہے۔ بچنا مشکل ہے"۔

"ارے یہ بُرا زمانہ ہے۔ آج کل بِک رہا ہے حرام حلال سب۔ ویسے حلال روٹی والے اپنی بدحالی کی وجہ سے پہچانے جاتے ہیں"۔

"یہاں تو بدحال ہوں گے ہی۔ اسی کے بدلے میں جنت ملے گی"۔

"تو کیا امیر میاں جنت میں نہیں جائیں گے؟"

"کیا ہے کی۔ ہمارے میاں بول رہے تھے "ڈاوٹ فل ہے"۔

زیب النسا نے چٹکی بجائی اور مہر النسا سے کہا "لو اب اپنا منصوبہ کامیاب ہوا۔ وہ دیکھو نیر النسا کے بازو وہ رضیہ بیگم اور ان کی لڑکی......"۔

مہر النسا نے کہا" واہ! واقعی بڑی خوبصورت لڑکی ہے۔ زاہد کے لئے خوب رہے گی"۔

"اب جلدی سے بات چیت کراؤ"

زیب النسا نے کہا" بے چارے امیر بھائی مَرے پڑے ہیں۔ دل کسی طرف نہیں لگتا ہائے امیرؔ دلہن کا سہاگ اُجڑ گیا ہلئے"

"لیکن میرے خیال میں رضیہ بیگم کو ایک نظر زاہد کو دکھا دیں"۔

مہرالنسا۔" ہاں ٹھیک رہے گا مگر کبھی بعد میں رکھیں گے۔۔۔۔۔۔۔ کچھ اچھا نہیں لگ رہا ہے۔ میری نظروں میں تو امیر بھائی کا شفقت سے پر چہرہ ہی گھوم رہا ہے۔ ہائے، خدا مغفرت فرمائے۔"

"بیٹی! تم زاہد سے کہو۔ ایک منٹ کے لئے آئے، کچھ کہنا ہے۔
زیب النسا! تم رضیہ بیگم کو تو یہاں بلاؤ"

زیب النسا، رضیہ بیگم اور اُن کی لڑکی کو بلا لائیں اور مہرالنسا سے تعارف کروایا۔
اتنے میں زاہد بھی آگیا۔

مہرالنسا نے کہا" زاہد! چچا کی میت میں پورا ہاتھ بٹاؤ اور اِدھر خالہ جان کو سلام کرو"
زاہد نے ادب سے سلام کیا۔ اور باہر چلا گیا۔

مہرالنسا نے رضیہ بیگم سے کہا" میرا لڑکا زاہد ہے۔ انجینیئرنگ پاس کر لیا ہے۔۔۔ آپ ہمارے پاس آئیے کبھی۔ یہ تو میت کا گھر ہے اور غم کا پہاڑ ہم پر ٹوٹ پڑا ہے۔ بڑا ہونہار، باادب لڑکا ہے۔۔۔ کئی پیام آرہے ہیں۔ پھر تفصیل سے بتاؤں گی۔ یہاں تو کچھ کہا نہیں جاتا ہائے امیر بھائی!"

رضیہ بیگم نے کہا" جی ہاں! میرا موڈ بھی بالکل اَپ سیٹ ہے۔ لفظ موت ہی بڑا تکلیف دہ ہے۔ پھر قریبی رشتہ داروں، ملنے والوں کی موت تو انسان کو کہیں کا نہیں رکھتی۔ آپ سے پھر کبھی ملاقات ہوگی۔۔۔۔۔ یہ میری لڑکی فوزیہ ہے۔ بی۔ اے میں پڑھتی ہے"

رضیہ بیگم مہرالنسا کے پاس آبیٹھیں" باہر تیاری کا کیا حال ہے پتہ نہیں ظہر کی نماز تک میت تیار ہو جائے گی"

مہرالنسا نے کہا" جلدی تو کر ہی رہے ہیں۔ کیا ہوا، زاہد میاں کچھ دل کو لگے"
رضیہ بیگم نے کہا" صورت شکل اور ادب قاعدہ کا تو اچھا ہی ہے۔ پتہ نہیں لین دین کیا مانگیں"

مہرالنساء: وہ تم مجھ پر چھوڑ دو۔ اُن کو فوزیہ پسند آ گئی ہے۔ اب کوئی دشواری نہیں ہو گی مگر میں تمہاری طرف سے پکّا سمجھوں؟ اتنے میں باہر سے آواز آئی " میّت اٹھائی جا رہی ہے جو خواتین دیکھنا چاہیں دیدار کر لیں، مَرد ہٹ گئے ہیں۔"

رضیہ بیگم نے کہا " چلو پہلے دیدار تو کر لیں۔"

مہرالنسانے کہا " ہاں ہاں! چلو بھائی۔ مگر تم میری طرف سے شادی پکّی سمجھ کر پکّی بات کر دو۔"

پھر دونوں روتی دھوتی باہر کی طرف گئیں۔ زیب النسا کی لڑکی زاہد کو فوزیہ کو دکھا رہی تھی " ہاں! وہی کالے دوپٹّے والی گوری"

اُدھر مہرالنسا فرطِ غم سے بے حال ہو کر گر پڑیں۔

کاروبار

لندن سے تین ماہ بعد لوٹے تھے اور ہم نے غلطی سے والد صاحب کو" ڈیڈ" کہدیا تو والد صاحب بہت ناراض ہوئے اور نصیحت فرمائی کہ کل جو شادی ہونے والی ہے اس میں ہم احتیاط کریں بلکہ خوش اخلاقی، ملن ساری وغیرہ کا مظاہرہ کریں۔

ہم نے محفل میں پہنچتے ہی ذرا سا جھک کر فضا میں چند سلام پھینکے پھر دائیں اور بائیں مڑکر اسی حرکت کو دہرایا۔ ایک بزرگ نے جو ہمارے صاف استری کئے ہوئے کوٹ کو دیکھا تو کہا" اِدھر آؤ بیٹے" اور ہم سے لپٹ گئے۔ بس پھر کیا تھا ڈیڑھ دو سو انسانوں نے ہم سے گلے ملنے کے بہانے ہمارے کوٹ پر گویا ہل چلا دیا۔

اس ہنگامہ سے فارغ ہوکر ہم ایک کرسی پر جا بیٹھے۔ اتنے میں پھر خوش اخلاقی کے مظاہرہ کا خیال آیا۔ ہم نے بازو کی کرسی پر بیٹھے ناک میں انگلیاں پھیرتے ہوئے شخص سے پوچھا" میں شرف الدین آرکٹیکٹ ہوں۔ آپ کا نام فرمائیے۔ اور آپ کے کاروبار کیا ہیں؟"

ان صاحب نے ہم چند سیکنڈ خون خوار نظروں سے دیکھا اور اٹھ کر دور جا بیٹھے۔ ہم کچھ سمجھ نہ سکے۔ حیران تھے کہ سیدھی جانب پر بیٹھے ہوئے صاحب نے ہم سے کہا۔

" آپ کو ان کے کاروبار کے بارے میں سوال نہیں کرنا چاہئے تھا۔ آپ شہری تہذیب سے واقف نہیں معلوم ہوتے۔ جائیے ان سے معافی مانگ لیجئے۔"

ہم نے کہا " بیشک، میں معافی مانگ لوں گا مگر وہ تو ابھی تک غصہ میں ہیں۔ کیا آپ گیارنٹی دے سکتے ہیں کہ گلے ملتے ہوئے چاقو نہیں ماریں گے؟"

انھوں نے کہا" وہ واقعی غصہ میں ہیں۔ آپ نے سوال ہی ایسا کیا تھا۔ خیر آج جس لڑکی کی شادی ہو رہی ہے آپ اس کے ہونے والے جیٹھ سے واقف ہیں؟"

ہم نے پہلے سوچا یہ رشتہ کیا ہوا۔ معلوم ہوا دولہا کے بڑے بھائی۔۔۔۔۔۔ توبہ کیا گھما کر بات کرنے والا انسان ہے۔ کہیں کسی اور مشکل میں نہ ڈال دے۔"

ان صاحب نے پھر کہا" تو دلہن کے جیٹھ کی لڑکی کی کل سالگرہ ہے پندرہویں۔ گو اس لڑکی کی عمر ۲۰ سے اوپر ہے لیکن وہ ہر سال پندرہویں سالگرہ ہی مناتے ہیں۔ چونکہ وہ بڑے اصولی آدمی ہیں، ان کا خیال ہے کہ لڑکی کی شادی کی عمر پندرہ سال ہی مناسب ہوتی ہے۔ وہ بڑی عمر کی لڑکیوں کی شادی کے قائل نہیں ہیں۔ اس لئے شاید وہ شادی تک اس لڑکی کی عمر کو بڑھنے نہیں دیں گے۔۔۔۔"

میں نے چڑ کر کہا" ارے صاحب۔ وہ ہزار سال تک یہی کرتے رہیں مجھے ان سے کیا لینا ہے۔ آپ صرف یہ بتائیے کہ وہ صاحب غصہ کیوں ہوئے؟"

" آپ نے ان سے ان کے کاروبار کے بارے میں سوال کیا تھا نا؟ ۔۔۔۔ان کا پھٹے جوتوں ناکارہ بوتلوں اور ٹوٹی ہڈیوں کا کاروبار ہے۔ وہ سمجھے کہ آپ نے ان کی ہتک کرنے کے لئے ایسا سوال کیا تھا۔۔۔۔ خیر مگر آپ جیٹھ کی لڑکی کی سالگرہ میں ان سے معافی مانگ سکتے ہیں۔ وہ وہاں مدعو ہیں اور آپ آئیے۔ دعوت اچھی ہی رہتی ہے۔ اب اگر وہ بیس کی بجائے پندرہ کہتے ہیں تو ہمیں اس سے کیا۔۔۔"

میں نے جگہ بدل دی، توبہ، کیا باتونی آدمی ہے مگر لوگ کاروبار کی نوعیت پر کیوں شرمندہ ہوتے ہیں۔ کیوں دوسروں کے کاروبار کا مذاق اڑاتے ہیں۔ غالب نے بھی کاروبار کی نوعیت کا مذاق اڑایا ہے ؎

بلبل کے کاروبار پہ ہیں خندہ ہائے گل

اب بتائیے۔ بھلا گل کو بلبل کے کاروبار پر ہنسنے کی کیا ضرورت ہے۔ لیکن کریں کیا۔ آج کل تو ہر طرف غالبؔ کا طوطی بول رہا ہے........ تو یہ کیا بات ہوئی کہ طوطی بول رہا ہے یا طوطی بول رہی ہے ہونا چاہئے یا پھر طوطا بول رہا ہے۔ جانے یہ غلط محاورے کیسے چل پڑتے ہیں۔ اُف۔ کیا الجھن ہو رہی ہے۔ اندر قمیص پر لوسی کی لپ اسٹک کے نشان نہ ہوتے تو میں نے کوٹ آثار دیا ہوتا۔ خیر پانی تو پینا چاہئے.... اب یہی دیکھئے غالبؔ نے جو کہہ دیا تھا کہ جو گدھے ہیں وہی آم نہیں کھاتے۔ تو آج ہر شخص کو آم پسند ہوں نہ ہوں کھائے چلا جا رہا ہے کتنے لوگ ہیں جنھیں قطعاً آم پسند نہیں ہے لیکن اس غالبی فتنہ سے دبکے بیٹھے ہیں۔ ایک دفعہ ہم سنگترے خریدنے میوہ کی دوکان پر گئے۔ وہاں دوکان دار کسی صاحب کو غالبؔ کا یہی آم والا لطیفہ سنا رہا تھا۔ اس نے آخر میں اتنی زور سے قہقہہ لگایا کہ ہم سنگترے کی بجائے آم خرید لائے۔

ہمارے پڑوسی طوطا رام طوطی پرشاد نے ایک دن گھر پر" ٹی اینڈ ٹی پی کمپنی" کا بورڈ لگا دیا۔ ہم نے پوچھا کہ کیا کاروبار ہوں گے اس کمپنی کے چونکہ صرف ٹی اینڈ ٹی پی سے کچھ پتہ نہیں چلتا۔ تو وہ بولے۔

"میں نے سوچا ہے کہ کاروبار کروں گا۔ کیا کاروبار کروں گا...... یہ تو ابھی سوچا نہیں۔ آپ کے خیال میں کوئی کاروبار؟"

ہم نے اس ترقی پسند خیال پر آفرین کہا کہ پیدا ہیں اب بھی ایسے پراگندہ طبع لوگ۔ یہ تو ایسا ہی تھا جیسے ایک ترقی یافتہ ملک کے صدر صبح اٹھ کر وزیر جنگ اور وزیر خارجہ کو طلب کرتے ہیں اور کہتے ہیں " میں آج بمباری کراؤں گا کب اور کہاں، یہ فیصلہ کرنا آپ لوگوں کا کام ہے۔"

پھر بھی لوگوں نے طوطا رام طوطی پرشاد سے کہا کہ کاروبار کی پیچیدگیاں لکھنؤ کے بھول بھلیاں جیسی ہوتی ہیں اور ان میں بغیر گائڈ کے داخل ہونا خطرناک ہو سکتا ہے۔ چنانچہ

طوطارام طوطی پرشاد کو محلہ کے سب سے سیانے انسان عباسی صاحب سے رجوع کرادیا گیا۔

طوطارام نے عباسی صاحب سے کہا۔

"حضور! مجھے کوئی ایسا کاروبار بتائیں جس میں فائدہ ہو۔"

عباسی صاحب جلال میں آگئے۔ بولے" ارے بے وقوف! اگر کسی کاروبار میں فائدہ نہ ہوتا تو کیا اس کاروبار کا نام تاریخ میں رہ جاتا۔ ہر کاروبار میں فائدہ ہے۔ جبھی تو لوگ کرتے ہیں۔"

طوطارام نے یہ فلسفہ سمجھا نہیں اور کہا" جی لوگ کیا کرتے ہیں......... کون سا کاروبار؟"

عباسی صاحب کا جلال پسپائی میں بدل گیا۔

"توبہ۔ کیا بے وقوف طوطا ہے۔ اتنے میں ایک گورا اونچا پورا نوجوان کمرے میں داخل ہوا، اس نے عباسی صاحب کا ہاتھ چوم کر کہا۔

" حضور! کیا کروں میں پنجاب کا رہنے والا ہوں۔ میرا گاؤں سرحد پر واقع ہے۔ جنگوں کی وجہ سے زمین پر کاشت نہیں کر سکتا۔"

عباسی صاحب نے کچھ دیر اسے گھور کر دیکھا۔ پھر مسکرا کر آنکھ ماری۔ نوجوان نے تڑپ کر کہا۔

" جی نہیں۔ فوج کا بڑا سخت پہرہ رہتا ہے۔ اسمگلنگ بالکل نہیں ہو سکتی۔"

عباسی صاحب مسکرائے اور کہا" ہوگی اور تو ہی کرے گا۔ پھر کبھی ملنا۔"

طوطارام طوطی پرشاد کو اطلاع ملی کہ اس پنجابی نوجوان نے ہند و پاک سرحد پر بڑی کامیاب اسمگلنگ کی۔ وہ ہر روز سرحد پار کر کے ہندوستانی علاقے میں داخل ہوتا اور سورج کے ڈھلتے ڈھلتے وہ جانے کہاں سے ایک تھیلا ریت بھر لاتا اور سیکل کے پیچھے باندھ کر سرحد پار کرتا۔ کسٹم کے عہدیداروں نے اس سے تھیلے چھینے۔ کیمیائی تجربہ کروایا۔ مگر لاحاصل۔ کسٹم والے حیران

تھے کہ آخر ہو کیا رہا ہے۔ چونکہ کسٹم آفس میں ریت کے تھیلوں کا ڈھیر بڑھتا جا رہا تھا۔ ادھر وہ نوجوان تھیلے کو اسمگل کرنے کی کوشش چھوڑ نہیں رہا تھا۔ آخر ایک منچلے آفیسر نے اسے پکڑ لیا

" میاں! اب ہمارے صبر کا پیمانہ لبریز ہو چکا۔ اب اگر نہیں بتایا کہ قصہ کیا ہے تو ہم ان تھیلوں کے ساتھ تم کو دہلی بھجوا دیں گے اور پھر تم ہوگے اور .....؟"

اس نوجوان نے اس وعدہ پر کہ اسے گزند نہیں پہنچایا جائے گا، بیان کیا کہ وہ ریت کا تھیلا ہر روز نئی سیکل خرید کر اس پر رکھ لاتا تھا۔ کسٹم والے تھیلا روک لیتے تھے اور وہ سیکل اسمگل کر لیتا تھا۔"

ٹی اینڈ ٹی پی کمپنی نے پیاز کا کاروبار شروع کیا۔ چند ہی مہینوں میں خوب دولت کمائی۔ دیوالی آئی تو کمپنی کی طرف سے سارے منادر کو رنگ روغن کروایا گیا۔ رمضان آیا تو ساری مساجد کو سفیدی کروائی گئی۔ دو سال گزرے تو بچے پتاجی سے "ڈیڈی" اور طوطارام راجہ صاحب بن گئے۔ گھر، محل میں تبدیل ہو گیا۔ اتنا سب کچھ ہوا لیکن انکم ٹیکس والے لاکھ سرماری کرتے لیکن کاروبار میں کوڑی کی آمدنی نہ نکال سکتے۔ وہ پیاز جس قیمت پر خریدتا اسی قیمت پر فروخت کر دیتا تھا۔ پھر یہ سب روپیہ آتا کہاں سے تھا؟

ایک دن طوطارام طوطی پرشاد نے اپنے پوتے کو دو پیاز رکھئے اور نواسے کو ایک۔ جب لڑکی نے شکوہ کیا تو طوطارام نے اسے نئی کوٹھی میں منتقل کر دیا۔ لڑکی نے ایک نوکر سے جو دراصل سی۔ آئی۔ ڈی کا آدمی تھا، کہا۔

" بوڑھے میاں کا روپیہ نے دماغ خراب کر دیا ہے۔"

نوکر نے کہا "بڑا دماغ پایا ہے۔ سیٹھ جی نے کیا کاروبار جمایا ہے۔"

لڑکی نے کہا " خاک کاروبار جمایا ہے۔ پیاز کی چھوٹی ڈلی بڑی ڈلی میں ملا کر بیچ کر روپیہ بنایا ہے۔"

اتنا سب کچھ تھا لیکن کہتے ہیں چراغ تلے اندھیرا، سو عباسی صاحب کے لڑکے جونیئر عباسی

کو کاروبار کے نام سے چڑ تھی۔ وہ ڈاکٹر بننا چاہتے تھے۔ آخر، جانوروں کی ڈاکٹری کے ایک سرٹیفکٹ کورس کر کے خود کو ڈاکٹر کہنے لگے تھے۔ پڑوس میں کسی کمپنی کے منیجر رہتے تھے۔ ان کے لڑکوں نے ایک بڑے بڑے بالوں والا کتا پالا۔ جونیئر عباسی نے ان لڑکوں سے کہا کہ ان کے پاس ایک انجکشن ہے جس کے دینے سے کتے کے بال دوگنے لمبے ہو جائیں گے۔ لڑکوں نے وہ انجکشن کتے کو لگوا دیا۔

دوسرے تیسرے دن سے کتے کے بال جھڑنے لگے اور ایک ہفتہ میں وہ بالوں سے محروم ہو گیا اور اس کی جلد پھٹ کر خون رسنے لگا اور آخر کتا مر گیا۔ منیجر صاحب کو بڑا غصہ آیا۔ جب انھیں اس کے مرنے کی وجہ بتائی گئی وہ غصہ میں بھرے ہوئے عباسی سینئر کے پاس پہنچے تاکہ ہائی لیول پر شکایت کر سکیں۔

انھوں نے کہا، "آپ کے لڑکے نے ہمارے کتے کو جانے کیا انجکشن دیا کہ اچھا خاصا اس قدر قیمتی کتا مر گیا۔ وہ ڈاکٹر ہیں ......؟ میں ان کا سرٹیفکٹ ضبط کروا دوں گا۔"

عباسی صاحب نے کہا، "خوب۔ تو معلوم ہوا کہ آپ نے جیتا جاگتا کتا اس اناڑی کے ہاتھ میں دے دیا کہ وہ اس کا علاج کرے۔ ارے صاحب۔ میں تو اس اناڑی سے اپنے کھڑاؤں میں کیل نہ ٹھکواؤں۔"

منیجر صاحب اپنا سا منہ لے کر لوٹے۔ عباسی جونیئر کا تبادلہ کر دیا گیا۔ چند دن بعد انھوں نے والد بزرگوار سے کہا، "ابّا جان! یہ سرکاری نوکری بھی خوب چیز ہے۔ کام نہ دھام۔ گاؤں میں پڑے ہوئے ہیں۔ جو کچھ پڑھا تھا وہ کبھی کام آتا ہی نہیں۔"

سینئر عباسی نے کہا، "ہاں! برخوردار۔ اسی طرح پانچ دس سال میں انسان جب کسی کام کا نہیں رہ جاتا تو اسے تجربہ کار کہہ کر ترقی دی جاتی ہے۔"

جوابی بیاض
... پرچہ تاریخ

اسپیشل نوٹ برائے ممتحن:

۱۔ جو پرچہ دو دن قبل آؤٹ ہو گیا تھا وہ بہتر تھا۔ یہ پرچہ شاید جلدی میں ترتیب دیا گیا ہے اس لئے متوازن نہیں ہے۔

۲۔ چونکہ پرچہ میں بعض نزاعی سوالات ہیں اس لئے امیدوار کا ممتحن کے خیالات سے متفق ہونا ضروری نہیں ہوگا۔

سوال ۱: " اورنگ زیب کی پالیسی سلطنتِ مغلیہ کے زوال کا سبب بنی"۔ بحث کرو!

جواب: مغلیہ سلطنت کا زوال دراصل اکبر اعظم کے زمانہ ہی سے شروع ہو چکا تھا۔ گو اس وقت مغلیہ سلطنت اپنے بام عروج پر تھی (ملاحظہ ہو مقولہ "ہر عروج را زوال") اورنگ زیب کا زمانہ بھی کیا زمانہ تھا۔ شیواجی کی جوان شرارتیں، اورنگ زیب کی بوڑھی حکمت عملی، راجپوتوں کی ضد، جاٹوں کی داداگیری، مرہٹوں کی آنکھ مچولی۔ اس پر اورنگ زیب کی شراب دشمنی، راجپوت دشمنی، انگریز دشمنی، اولاد دشمنی، ماں باپ دشمنی وغیرہ وغیرہ۔ حقیقت یہ ہے کہ اورنگ زیب سے پہلے کے اور بعد کے بادشاہ بڑے مزے میں رہے۔ پہلے والوں سے کوئی سلطنت چھیننے والا نہ تھا اور بعد والوں کے پاس سلطنت ہی نہ تھی۔

اورنگ زیب کی وجہ سے دکن میں پچیس سالوں تک میلوں کی سی چہل پہل قائم رہی ورنہ دکن میں سیاست اور ادب میں جمود طاری تھا۔ حد یہ ہے کہ اگر دوسرا شخص کسی کی معشوقہ کو لے اڑتا تو عاشق صاحب کہتے "جب میاں بیوی راضی تو کیا کرے قاضی"۔ کبھی کوئی بھولی بھٹکی فوج شمال سے آجاتی تو قلعوں کی مرمت اور آہک پاشی ہوتی۔ لوگ آبا و اجداد کے پرانے ہتھیار نکال کر اس کا زنگ صاف کرتے۔ نئے بانس خرید کر بھالے چڑھاتے۔ رنگین نئے ریشمی لباس پہن کر محبوباؤں سے گلے ملتے اور روتے۔ لیکن یہ سب تیاری دھری رہ جاتی جب راجہ یا بادشاہ، چند بے کار ہاتھی، چند رد کئے ہوئے موتی اور نقلی سونا دے کر حملہ آور سے صلح کر لیتا۔ ویسے بھی شمال سے نکلتے ہوئے حملہ آوروں میں آب و ہوا کی وجہ سے جو جوش ہوتا وہ جنوب پہنچ کر گوداوری پار کرتے ہی ٹھنڈا پڑ جاتا تھا اور صلح کی طرف زیادہ مائل رہتا تھا۔ ان مسلسل صلحوں کی وجہ سے کئی نقصانات ہوتے۔ ہتھیاروں کی صنعتوں کو دھکا پہنچتا۔ آبادی کا مسئلہ جوں کا توں رہ جاتا۔ ہتھیاروں کو دوبارہ تیل لگا کر رکھ دینے سے تیل کی کمی ہو جاتی۔ آخر اس جمود کے خلاف دکن گیر احتجاجی مظاہرے شروع ہوئے کیونکہ جنگ کا ہر بڑا ٹورنمنٹ یا مقابلہ شمال ہی میں منعقد ہوتا تھا۔ آخر گولکنڈہ، بیجاپور، احمد نگر اور بیدر کے بادشاہوں نے تالی کوٹہ کے مقام پر ایک مقابلہ رکھا۔ ٹیمیں صرف دو ہی تھیں۔ بیجا نگر بمقابلہ ریسٹ۔ اس کی وجہ یہ تھی کہ یہ چاروں سلطنتیں علیحدہ علیحدہ ٹیمیں شریک نہیں کرا سکتی تھیں۔

سنتے ہیں اورنگ زیب آم کھانے ملتان گیا۔ ارادہ تھا اگر آم اچھے نکلے تو ملتان کو سلطنتِ مغلیہ میں شامل کر لیا جائے گا۔ وہاں جاکر اس نے ذیل کا شعر پڑھا ؎

چار چیز است تحفۂ ملتان
گرد و گرما، گدا و گورستان

اورنگ زیب کے بعد اس کے ضعیف لڑکے تخت پر بیٹھتے اترتے رہے کیوں کہ اورنگ زیب کے سب سے چھوٹے لڑکے کی عمر بھی وظیفہ پر علیحدگی اور بڑے کو تو مرکر زمانہ گزر جاتا

چاہئے تھا۔ درباری امیر سازشوں میں مصروف رہتے تھے۔ آخر محمد شاہ رنگیلے نے نئی ٹیکنک ایجاد کی۔ اس نے دو امیروں سیّد برادران کو جملہ اختیارات دے کر معاملہ امیروں کے حوالہ کر دیا۔ آپس کی مارا ماری میں بادشاہ کو جملہ امیروں سے چھٹکارا مل گیا۔ اسی دوران نادر شاہ نے دہلی پر حملہ کر دیا اور اس کا ارادہ مزید حملوں کا بھی تھا لیکن محمد شاہ نے یہاں بھی نیا فارمولا استعمال کیا۔ اس نے نادر شاہ کو اتنی دولت دی کہ اس کے ساتھیوں نے اس دولت کی خاطر اس کا خاتمہ کر دیا۔ اس کے بعد محمد شاہ نے چین کی وہ بنسی بجائی کہ رنگیلا مشہور ہوا۔ وہ رات کو نیند نہ آنے کی دوا کھا کر جاگتا تھا اور دن تمام نیند کی گولیاں کھا کر سو جاتا تھا۔ بادشاہ کے شوق دیکھتے ہوئے لوگ دور دور سے حسین لڑکیوں کو دہلی پہنچاتے تھے۔ بادشاہ نے ان قافلوں کی سہولت کی خاطر سڑکیں بنوائیں اور جگہ جگہ آرام دہ سرائیں بنوائیں۔ کنوئیں کھدوائے۔ چنانچہ مغل سرائے مشہور ہوئی۔ اس کے زمانہ میں ہندو مسلم رعایا خوش تھی کیونکہ بادشاہ کو حکومت سے کوئی دلچسپی نہ تھی۔

اس کے جانشینوں نے سلطنت کے زائد علاقوں کو مرہٹوں، راجپوتوں اور انگریزوں کے حوالہ کر کے سلطنت کو مختصر، مفید اور مستحکم بنانا شروع کیا۔ چنانچہ شاہ عالم نے تو حد کر دی کہ صرف دہلی کے میونسپل علاقہ کو رکھ کر باقی دہلی بھی انگریزوں کو دے دی۔ رواداری اور رعایا پروری کا یہ حال تھا کہ ہر شخص بادشاہ تک جا سکتا تھا بلکہ اس پر حملہ کر سکتا تھا چنانچہ قادر خان روہیلے نے شاہ عالم کو دیوان خاص کے فرش پر پچھاڑ کر اس کی آنکھیں نکال لی تھیں۔ کسی شاعر نے ایک مصرعہ میں شاہ عالم کی سلطنت کو بیان کیا تھا ؂

سلطنت شاہ عالم از دلّی تا پالم !!

شاہ عالم نے پالم کو آخر تک نہیں چھوڑا۔ شاید وہ ہوائی اڈہ بنانا چاہتا تھا لیکن کرتا کیا ہوائی جہاز ہی ایجاد نہیں ہوا تھا۔

اورنگ زیب کے مرنے کے ڈیڑھ سو سال تک سلطنت چلتی رہی لیکن اس کے نا اہل

جانشینوں پر اس کے زوال کا الزام نہیں لگایا جاتا کیوں کہ ان کی وجہ سے دوسروں کی سلطنتوں کو عروج نصیب ہوا۔ اورنگ زیب میں انتظامی صلاحیتوں کا فقدان تھا۔ اس کی سلطنت میں کوئی رشوت نہیں لے سکتا تھا، کوئی ظلم نہیں کر سکتا تھا۔ ٹیکس کی چوری نہیں کر سکتا تھا۔ یہ بھی کوئی انتظامِ سلطنت ہے کہ عوام کو سانس لینے کا موقع ملے نہ اپنی صلاحیتوں کے استعمال کا۔ اس نے خود قرآن شریف لکھ لکھ کر اپنے اخراجات پورے کئے اور خزانہ سے کچھ نہ لیا۔ بھلا ایسے شریف آدمی کا حکومت میں کیا کام؟

سوال نمبر۲: چھوڑی ہوئی جگہوں کو پُر کیجئے۔

ا۔ ہندوستان میں ایک ...تکلیف دہ... طرز کی حکومت رائج ہے۔

ب۔ ہندوستان کے تین طرف ...دشمن... اور ایک طرف ...سمندر... ہے۔

ج۔ پرتھوی راج ...فلمی دنیا... کا راجہ تھا۔

سوال نمبر۳: مختصر جواب دیجئے (ایک سطر میں)۔

ا۔ مغلیہ سلطنت کی کامیابی کا کیا راز تھا؟

جواب: مغل بادشاہ ہمیشہ اپنے دشمن کو سسر بنا لیتے تھے۔

ب۔ ہندوستان میں سب سے پہلے بم کب استعمال ہوا؟

جواب: سمستی پور میں سن ۱۹۰۰ء میں۔

ج۔ دوسری جنگ پانی پت کب ہوئی؟

جواب: پہلی جنگ پانی پت کے بعد۔

د۔ بھنڈراں نائک کون ہیں؟

جواب: لفظ لیفٹیننٹ کرنل کا ہندی ترجمہ۔

سوال نمبر۴: ایک لفظ میں جواب دیجئے۔

ا۔ ہندوستان کے صدر مملکت کو کیا کہتے ہیں؟

جواب: صدر۔

ب۔ میر جعفر کو تاریخ ہند میں کس نام سے یاد کیا جاتا ہے؟

جواب: اسی (نام سے)

ج۔ پرتھوی راج کے گھوڑے کا کیا نام تھا؟

جواب: کس فلم میں !

سوال نمبر ۵: ہندوستان کے لئے جمہوریت ہی موزوں طرز حکومت ہے۔ بحث کرو!

جواب: جمہوریت کے فوائد یہ ہیں کہ اس میں کوئی قاعدہ قانون نہیں ہوتا۔ وزیراعظم کثرت سے اکثریت سے دن کو رات اور رات کو دن ثابت کر سکتا ہے جمہوریت ایک موم کی ناک ہوتی ہے جس کو جیسا چاہے موڑ کر چہرہ بدلا جا سکتا ہے۔ کیونکہ ہر نئی ریاستی اور مرکزی کابینہ میں کل ملا کر تین ہزار انسان وزیر بن جاتے ہیں اور خوب کما لیتے ہیں۔ اس طرح چند صدیوں میں ہندوستان کا ہر شخص مالدار بن سکتا ہے۔ جمہوریت میں خاص بات یہ ہوتی ہے کہ ایک سے بڑھ کر ایک خراب اور بدمعاش آدمی خود کو انتخاب کے لئے پیش کرتے ہیں اور ان میں سے ایک ضرور منتخب ہو جاتا ہے چاہے سارے شہری کبھی ووٹ نہ دیں۔ دادا مرحوم فرماتے تھے اچھے آدمی اور شعر میں وزن نہیں دیکھنا چاہئے بلکہ معنی پر غور کرنا چاہئے۔

چنانچہ عرض ہے ؎

جمہوریت اک طرز حکومت ہے کہ جس میں
سروں کو گنا جاتا ہے تولا نہیں جاتا

یہ بھی جمہوریت کی ایک خوبی ہے کہ اس میں سروں کو گنا جاتا ہے۔ ورنہ اگر ہندوستان

کے سارے لوگوں کے سروں کو تولنے بیٹھیں تو کئی صدیاں درکار ہوں گی اور اس دوران آبادی دگنی ہو کر مزید تلنے کو تیار ہو جائے گی۔ اس لئے ایسا طرز حکومت جس میں سروں کو تولا جائے ہندوستان کے لئے ناموزوں ہوگا۔

پرچہ ختم کرتے ہوئے آخر میں میں اپنے لئے پاس ہونے کی اور آپ کے لئے پروموشن کی دعا کرتا ہوں تمت۔

عنوان لگائیے

آخر تشر فو میاں نے ہمیں راضی کر ہی لیا کہ وہ اور ہم محکمۂ نمکیات حسین ساگر کے گودام سے مچھلی خریدنے جائیں گے۔ مچھلی کے بارے میں ہمارے خیالات اور جذبات نفرت اور محبت پر مشتمل تھے کیوں کہ والدہ کو مچھلی کے نام سے نفرت تھی اور والد صاحب نے مچھلی کے شکار کے لئے جتنا وقت گل ڈال کر ندی کے بیچ کی چٹان پر بیٹھ کر گزارا ہے اگر وہ صرف چادر اوڑھ کر اتنا عرصہ وہاں بیٹھے رہتے تو آج شہر کے سب سے بڑے بزرگ مانے جاتے۔ وہ اپنا ایک بیتا ہوا قصہ سناتے کہ ان کی نئی نئی شادی ہوئی تھی ایک دن صبح انھوں نے والدہ سے پوچھا "بھئی آج ناشتہ میں کیا بنا ہے ؟"

والدہ نے کہا تھا "کھچڑی اور قیمہ اور گھی ہے۔"

والد صاحب نے کہا "بھئی ہم تو آج کھچڑی بغیر چٹنی کے نہیں کھائیں گے۔"

والدہ نے کہا "تو پھر جلدی سے ہری مرچیں، کوتمیر (ہری دھنیا) اور پودینہ لے آئیے۔"

وہ تیزی سے بازار کی طرف روانہ ہوئے کہ کھچڑی ٹھنڈی ہو جائے تو مزہ خراب ہو جاتا ہے۔

ادھر تشر فو میاں کے والد سیکل پر مچھلی پکڑنے کا پورا سامان لئے آ پہونچے تھے۔

والدصاحب نے لاکھ کہا کر کھچڑی کھا کر چلتا ہوں"۔ مگر وہ بولے " ارے میاں! نالا زوروں پر چل رہا ہے۔ چند گھنٹوں میں اتر جائے گا۔ سنا، مچھلی بہت آ رہی ہے۔ پندرہ منٹ میں تھیلی بھر کرلے جاؤ اور بھابی کو خوش کردو"۔

والد صاحب جو اُن کے ساتھ ہوئے تو شام ہی کو لوٹے تھے۔ پتہ نہیں والد صاحب شرفو میاں کے والد کی بات کو کیوں ٹال نہیں سکتے تھے، ویسے میں بھی شرفو میاں کی بات کو نہیں ٹال سکتا مگر والد صاحب اور مجھ میں صرف اس قدر فرق ہوا کہ شرفو میاں کے والد ان کو مچھلی پکڑنے لے جاتے تھے اور شرفو میاں ہمیں خریدنے کے لئے راضی کر لیتے ہیں لیکن مچھلی کے بارے میں والد صاحب اور شرفو میاں کے خاندانوں کے " ہار اسکوپ" میں کوئی فرق نہ آسکا جس کا اندازہ آگے پیش آنے والے واقعات سے ہو جائے گا۔

رمضان کا کوئی دن تھا۔ شام کے چار بجے تھے۔ ہم اور شرفو میاں موٹر سیکل پر سوار حسین ساگر کی طرف چلے جا رہے تھے۔ خیال تھا افطار سے ایک گھنٹہ قبل مچھلی لے کر گھر پہنچ سکیں گے۔ حسب پروگرام مچھلی جلدی ہی خرید لی اور کٹوا کر اسکے ٹکڑے تھیلی میں بھر لئے شرفو میاں مچھلی کی پوٹلی تھامے پیچھے سیٹ پر بیٹھے تھے دفعتاً بادل ایسے آ گئے جیسے خندقوں میں چھپے بیٹھے تھے اور آن کی آن میں زوردار بارش شروع ہوئی اور یہی ہماری مصیبتوں کا نقطۂ آغاز تھا۔ مشکل یہ ہوئی کہ بارش سے بچنے کے لئے کوئی موزوں جگہ بھی نہ مل سکی۔ آخر ایک چھوٹی سی ہوٹل کے چھجے کے نیچے آ کھڑے ہوئے۔ موٹر سیکل کو سڑک کے کنارے کھڑا کر دیا گیا۔ وہ شاید برہمن ہوٹل تھی۔ پکوان اور بگھار کی تیز بو جو ناک میں گھسی تو زوردار ٹھسکا لگا۔ شرفو میاں کو اس زور کی ہچکی لگی کہ وہ گرتے گرتے بچے۔ ہم نے ڈانٹا کہ یہ ہچکی آنے کا بھی کوئی وقت ہے۔ شرفو میاں بولے۔

" اگر میں ناگ بھوشنم کا نیا قمیص نہ پہنا ہوتا تو پانی کی پرواہ کئے بغیر گھر چلا جاتا مگر کیا کروں اگر قمیص بھیگ کر سکڑ گیا تو اس موٹے کے لئے بیکار ہو جائے گا"۔

ہم نے کہا" ویسے ہمیں بھی نزلہ کا خوف نہ ہوتا تو ہم کب رُکتے"
شرفو میاں نے کہا" دیکھو بھائی سڑک پر پانی بڑھ رہا ہے۔ کہیں موٹر سیکل غرق نہ ہو جائے"

اتنے میں روزہ کھولنے کا سائرن بجا۔ میں نے غصّہ میں مچھلی کی تھیلی شرفو میاں کی طرف اچھال دی۔ شرفو میاں اس کو تھامتے ہوئے سلپ کے فیلڈر کی طرح پانی میں گر پڑے۔

ہم نے کہا" ارے اس قدر گر پڑ کر تھامنے کی کیا ضرورت تھی"

وہ معصومیت سے بولے"پانی میں گر رہی تھی"

" یعنی مچھلی پانی میں گر پڑتی ...." یار تم بھی کمال کے آدمی ہو۔ خیر اب یہ پوٹلی مجھے دے دو اور ہوٹل میں جاکر پوری کچوری سے روزہ کھول آؤ۔ میں یہ پوٹلی تھامتا ہوں، پھر میں چلا جاؤنگا"

شرفو میاں کو خیال پسند آیا اور وہ اندر چلے گئے۔ یہ دیکھ کر ہوٹل کا منیجر باہر آیا اور ہم سے بولا" آپ بھی آجائیے صاحب! جگہ نکال دوں گا آپ کے لئے بھی"

ہم نے کہا" جی شکریہ۔ میں یہاں ٹھیک ہوں"

وہ بولا" اس تھیلی میں کیا ہے؟"

" جی مچھلی"

وہ چیخا" مچھلی!؟....آپ فوراً یہاں سے چلے جائیے"

" آپ ذرا ہمارے دوست کو بُلا دیجئے"

وہ چیخ کر بولا" پہلے آپ یہاں سے چلے جائیے، فوراً.... چلئے چلئے"

اب تو شرفو میاں سے ہم الگ ہو گئے۔ اس قدر غصّہ آیا کہ فوراً موٹر سیکل اسٹارٹ کی۔ تھیلی کو پٹرول کی ٹنکی پر رکھا اور پوری رفتار سے گھر کی طرف روانہ ہو گئے۔ چند منٹوں میں گھر پہنچ گئے۔ گیارہ بجے میں اندھیرا تھا۔ ہم نے موٹر سیکل کھڑی کر دی۔ اب جو دیکھتے ہیں تو تھیلی غائب۔ اندھیرے میں آس پاس ٹٹولنے کے بعد یقین آگیا کہ راستہ ہی میں گھر کے

قریب ہی کہیں گری ہے۔ پھر بھی تلاش کرنے کے نقطۂ نظر سے سیکل پر جانا بہتر ہوتا تھا مگر سیکل وہاں تھی نہیں۔ ہم صحن میں نکل آئے اور بیوی کو آواز دی۔ " ارے بھئی ! سیکل کہاں ہے ؟"

اس بھلی مانس نے سوال کا جواب دینے کی بجائے گویا پنگ پانگ کا گولہ "ملک" سے ہمیں لوٹا دیا۔

" موٹر سائیکل کہاں ہے"

ہم نے کہا۔ ارے ہم پوچھ رہے ہیں سیکل کہاں ہے ؟"

وہ بولی " اور ہم پوچھ رہے ہیں موٹر سیکل کہاں ہے"

" تو تم نہیں بتاؤ گی کہ سیکل کہاں ہے"

وہ بولی " اور آپ نہیں بتائیں گے کہ موٹر سیکل کہاں ہے" اور ساتھ ہی سائیڈ اور کر دیا۔

" آخر قصہ کیا ہے ؟"

مگر دفعتاً ہماری نظر ملازم پر پڑی جو سیکل پر کہیں سے آرہا تھا۔ ہم نے جھپٹ کر سیکل لی اور تھیلی کی تلاش میں روانہ ہوگئے۔ آخر ایک جگہ پوٹلی جوں کی توں پڑی مل گئی۔ ہم نے لا کر بیوی کے آگے رکھ دی۔ " لو سنبھالو۔ اس میں مچھلی ہے"۔

اتنے میں والد صاحب نمودار ہوئے " میاں مچھلی کے شکار کی لت ایسی ہی ہوتی ہے نہ دھوپ محسوس ہوتی ہے نہ بارش .... ہم بھی ایک دفعہ .... !

میں نے کہا " مگر میں مچھلی خرید کر لایا ہوں"۔

وہ زور سے ہنسے " ہاں ہاں۔ جب دن بھر میں ایک بھی نہ پھنسے تو خرید کر ہی لایا جاتا ہے۔ میں خود ایک دفعہ ......

مین نے پھر انھیں قصہ سنانے سے روکا " میں روزہ کھول لوں تو پھر بات کروں"۔

اتنے میں بیوی نے کھلی پوٹلی لاکر سامنے رکھ دی۔ میرا سر چکرانے لگا "مچھلی تھی کہ کوئی بدروح، توبہ۔۔۔۔آخر گئی کہاں اور یہ سب کیا ہے؟"

بیوی نے کہا "پریشان کیوں ہوتے ہو۔ ایسا لگتا ہے کہ آپ نے اور کسی بڑھئی نے اپنی اپنی تھیلی ایک ہی جگہ گرائی تھی۔ بڑھئی پہلے آیا اور آپ کی تھیلی لے گیا۔ پھر آپ اس کی تھیلی لے آئے۔ اب ان چیزوں کو بیچ کر مچھلی منگوا لیں گے۔"

والد صاحب نے کہا "اب بہو تم تلی ہوئی مچھلی منگوا دو اور یہ جھگڑا ختم کرو۔۔۔۔ ایک دفعہ میرے ساتھ بھی ایسا ہی ہوا کہ۔۔۔۔۔۔"

میں نے کہا توبہ! اس سے کہیں کم محنت اٹھا کر تو ہم تالاب سے مچھلی پکڑ لاتے"۔ خدا کی شان کہ اسی وقت شرفو میاں ہماری اپنی مچھلی والی تھیلی لے کر تاریکی میں سے نمودار ہوئے " واہ صاحب اتنے جتن سے خریدی ہوئی مچھلی کو آپ شاید غصہ میں پھینک آئے تھے

اس مجموعۂ سانحات عرف "مچھلی" کو کس عنوان سے لکھا اور پڑھا جائے گا ہمیں نہیں معلوم۔

ٹیلیویژن۔بنگلہ۔کار

شرفو میاں بہت خوش تھے۔کالونی میں پہلا ٹیلیویژن انھوں نے ہی خریدا تھا۔ اتوار کو انھوں نے ہم سب دوستوں کو بلایا تھا۔ ہم نے چائے پی اور ٹیلیویژن پر کھیتی باڑی کے اصول سیکھے۔ دو چار منسٹروں کو دیکھا یعنی یوں سمجھئے کہ نہ تو کوئی کام کی چیز دیکھی اور نہ ہی معلومات میں کوئی اضافہ ہوا۔ پھر بھی میں نے شرفو بھائی کی چائے نوازی کے شکریہ کے طور پر چائے کی تعریف کر ہی دی اور شرفو میاں کی باچھیں کھِلا دینے والا میرا اپنا مشہور جملہ بھی چھوڑ دیا کہ "صاحب آپ کو مبارک ہو، ہم تو خرید نہیں سکتے۔"

شرفو میاں اور ان کی بیوی دونوں نوکری کرتے تھے اور شرفو میاں خود کو اسی ڈبل نوکری کی وجہ سے خوش حال قرار دیتے تھے اور اس کے ثبوت کے طور پر دو چار قیمتی اشیاء خرید رکھی تھیں۔

لیکن شرفو میاں کو اکرم پہلوان کبھی نہیں بخشتے تھے، شرفو میاں پھر بھی ان کو ایسے ہر موقع پر بلاتے تھے کیوں کہ ان کا خیال تھا کہ اکرم پہلوان در اصل ان سے جلتا ہے۔ اکرم (پہلوان) نے کہا۔ "تمہاری بیوی شام کے اسکول میں شہر میں پڑھاتی ہے۔"

شرفو میاں نے کہا۔ "ہاں تو کیا ہوا۔ میں شام اسکو ساتھ لے جاتا ہوں اور ساتھ لاتا ہوں۔"

اکرم پہلوان نے کہا، "تو پھر تم لوگ یہ ٹیلیوژن کب دیکھتے ہو؟"

اس پر شرفو میاں بے بسی سے چپ ہو گئے پھر اکرم کا مسکراتا فاتح چہرہ دیکھ کر بولے "اتوار کو اور چھٹی کے دن!"

اکرم پہلوان نے قہقہہ لگایا "بھئی قدرت کا انصاف بھی خوب ہے۔ تم ٹیلیوژن خرید سکتے ہو ہم خرید نہیں سکتے۔ مگر دیکھنا دونوں کے نصیب میں نہیں ہے!"

دراصل یہ شرفو میاں اور ان کی بیوی کی کہانی نہیں ہے بلکہ نئے زمانہ کے ہر گھر کی کہانی ہے، چاہے وہ گھر خوشحال امریکہ میں ہو کہ بدحال ہندوستان میں۔ میاں بیوی اگر روز آٹھ گھنٹے نوکری نہ کریں تو آرام و آسائش کی چیزیں نہیں خرید سکتے اور اگر نوکری کریں تو ان چیزوں کے استعمال کرنے کا وقت نہیں ملتا۔ اکثر گھروں میں تو یہ ہوتا ہے کہ میاں، بیوی اور بچے سویرے ہی گھر سے چلے جاتے ہیں اور شام کو لوٹتے ہیں تھکے ماندے شام کو کبھی مہمان چلے گئے یا سنیما اور تفریح کو رات دیر سے لوٹے اور سو گئے۔ دن میں گھر پر کوئی نوکرانی کو کام یا نگرانی کے لئے رکھا ہے تو دن تمام نوکرانی پریشر کوکر میں مزیدار کھانے بناتی ہے اور ڈیکولم لگے میز پر بیٹھ کر اپنے شوہر یا معشوق کے ساتھ کھاتی ہے، مالک کے قیمتی باتھ روم میں نہاتی ہے اور انہیں کے آرام دہ بستر پر لیٹی رہتی ہے، پنکھے کی ٹھنڈی ہوا میں ریڈیو سنتی ہے جب کہ مالک اور مالکن یا تو کارخانے کی مشینوں کے شور میں دن گزارتے ہیں یا پھر ٹائپ مشین کی کھٹا کھٹ سے اپنا دماغ چاٹتے ہیں۔

ایک زمانہ وہ تھا کہ لوگ گھٹیا قسم کے گراموفون پر سہگل، سانیال، کے سی ڈے، بیگم اختر، جھریا، خورشید اور کانن بالا کے ریکارڈز گھنٹوں سن سن کر عیش کرتے تھے اور آج گھروں میں اسٹیریو کے قیمتی سیٹس ہیں لیکن ہفتوں ان کو سننے کا موقع نہیں ملتا۔

ایک دفعہ ایک بڑے صنعت کار نے دیکھا کہ ایک دیہاتی دن کے گیارہ بجے ایک درخت کی چھاؤں میں سو رہا تھا۔ انھوں نے اسے جگایا اور کہا کہ وہ کوئی کام کرے۔ وہ دست

سونے کے لئے نہیں ہے"۔

دیہاتی نے کہا "کام کرنے سے کیا ہوگا"

وہ بولے "تمہیں روپیہ ملے گا روپیہ"

دیہاتی نے پوچھا "روپیہ کا میں کیا کروں گا"

وہ بولے "تم اس سے آرام کی زندگی گزار سکتے ہو"

دیہاتی بولا "وہ تو مجھے اب بھی نصیب ہے۔ محنت کر کے کیوں حاصل کروں"

اس پر وہ صنعت کار لاجواب ہو گئے اور سوچنے لگے۔

ایک اور دلچسپ واقعہ فلمسٹار دلیپ کمار نے رپورٹ کیا تھا کہ ایک دفعہ لندن سے واپسی کے ہوائی جہاز میں ایک مہذب ہندوستانی سے ان کی ملاقات کچھ اس طرح ہوئی۔

دلیپ کمار: "میں دلیپ کمار ہوں"۔

"جی میں برلا ہوں صنعت کار۔ آپ کیا کرتے ہیں؟"

دلیپ کمار: جی میں فلم ایکٹر ہوں"

"آپ فلمیں بناتے ہیں؟"

دلیپ کمار: میں فلم میں کام کرتا ہوں۔ آپ نے میری فلم دیکھی ہوگی"۔

"جی نہیں۔ میں نے پچھلے ۳۵ برسوں سے کوئی فلم نہیں دیکھی"۔

تو صاحب غور فرمایئے! ایسے کمانے سے کیا فائدہ جو انسان سے ہر خوشی، ہر تفریح اور ہر آرام لے لے۔

ایسا ہی ایک پرانا لطیفہ ہے کہ ایک صاحب ایک ڈاکٹر کے پاس گئے اور بولے۔

"ڈاکٹر۔ میری عمر چالیس سال ہے۔ کیا میں اور چالیس سال زندہ رہ سکوں گا؟"

ڈاکٹر نے پوچھا "آپ شراب پیتے ہیں"

وہ بولے "نہیں"

"جوا کھیلتے ہیں"

"نہیں"

"سگریٹ پیتے ہیں"

"نہیں"

"کچھ عورت لوگ سے دلچسپی ہے"

"جی نہیں"

ڈاکٹر نے حسرت سے پوچھا "بھائی صاحب! زندگی میں اور کیا دلچسپی ہے کہ آپ اور چالیس سال زندہ رہنا چاہتے ہیں؟"

خود فلمسٹار قسم کے لوگوں کو لیجئے۔ آپ جس فلم کو تین گھنٹے میں دیکھ کر لطف اندوز ہو جاتے ہیں اُس کے لئے فلمسٹار کو کئی مہینے مصیبتیں جھیلنی پڑتی ہیں۔ وہ رات کو جاگتا ہے کشمیر کی سردیوں میں برف پر شوٹنگ کرتا ہے۔ کبھی راجستھان کی ریت میں پیدل چلتا ہے۔ اس کا معاوضہ اس کو بہت ملتا ہے جس سے وہ خوبصورت بنگلہ خرید کر اس کو ہر طرح سجاتا ہے لیکن بنگلہ پر وہ رہتا نہیں۔ وہ تو اسٹوڈیو کے گرد آلود ماحول میں، شیطانی آنکھوں کی طرح چمکتی روشنیوں کے آگے، مُنہ پر میک اپ کا لیپ کیا ہوا، سر پر وِگ کا ٹوکرا اٹھائے ٹیک، ری ٹیک، ریہرسل کے درمیان پورا پورا دن یا پوری رات لٹکتا رہتا ہے۔

اس سے صرف یہی نتیجہ نکالا جا سکتا ہے کہ قدرت میں دولت کی تقسیم بے قاعدہ ہو سکتی ہے لیکن بہر حال دانہ، پانی اور آرام کی تقسیم میں کوئی بے قاعدگی نہیں ہے۔ کیوں کہ جس انسان کے پاس روپیہ نہیں ہے وہ اچھا کھانا خرید نہیں سکتا اور جو روپیہ سے اچھا کھانا خرید سکتا ہے وہ کھا نہیں سکتا......

وجہ؟.... وجہ خون کا دباؤ، دل کا دورہ، شکر کی بیماری کی کہانیاں چپک

جاتی ہیں۔

جدید تہذیب کی یہ دین ہے ہم سخت محنت کرتے ہیں کہ روپیہ کمائیں جس سے آرام اور عیش ملے اور آخر میں آرام اور عیش کے لئے وقت ملتا ہی نہیں.........اور مر جاتے ہیں۔

★★

مخففوں سے خفت

۱۹۴۷ء سے پہلے اگر کسی امیدوار سے "یو۔این۔او" کا مکمل فارم پوچھ لیا جاتا تھا تو اس کے پسینے چھوٹ جاتے تھے۔ ٹو۔بی۔ای کا مکمل فارم تو آئی۔اے۔ایس سے کم کے امتحان میں پوچھنا کم ظرفی تصور ہوتی تھی۔ لوگ تار بھی دیتے تو اس میں " ہم سب یہاں خیریت سے رہ کر آپ سب کی خیریت نیک درنیک چاہتے ہیں" بھی ضرور لکھتے تھے اور آخر میں "بڑوں کو سلام اور بچوں کو پیار" بھی لکھواتے۔ اور دراصل وہ زمانہ اچھا تھا ورنہ اب اگر ایسا تار دو اُدھر کچھ یوں لکھا ملے گا " بچوں کو سلام اور بڑوں کو پیار"۔

آج کل شارٹ فارم کا استعمال بہت زیادہ ہو گیا ہے اور حالت یہ ہے کہ پہلی کلاس کا لڑکا تھا" او۔کے" اور "پی۔ٹی" سے ایک حرف بڑھ کر بولنے کے لئے تیار نہیں ہوتا۔

کوئی چالیس سال قبل فلم میں اس دور کے مسخرہ مرزا شرف کے دروازہ پر زوردار کھٹکا ہوتا ہے اور وہ جلدی میں کرتے میں پیر ڈالتے ہوئے دروازہ کھولتے ہیں اور دروازہ کھلتے ہی دو تین انسان ان کے پیروں سے لپٹ جاتے ہیں۔ ان میں سے دو رونے کی بیک گراؤنڈ موسیقی شروع کرتے ہیں اور ایک مکالمہ ادا کرتا ہے" ڈاکٹر صاحب! فوراً چلئے میرا بچّہ مر جائے گا"

مرزا چیخ کر کہتے ہیں ”ارے تو میں کیا کروں بھائی۔ جلدی کسی ڈاکٹر کے پاس لے جاؤ اُسے۔“

اب تینوں ایک ساتھ چیختے ہیں ”آپ ڈاکٹر ہی تو ہیں سرکار“ اور اُن کو گود میں اٹھانے کی کوشش کرتے ہیں۔ مرزا اس زور سے دھڑکر چیخ مارتے ہیں کہ وہ لوگ گھبرا کر چھوڑ دیتے ہیں۔ مرزا خود کو آزاد کرتے ہوئے چیختے ہیں ”ارے کس کم بخت نے تمہیں بہکا دیا۔ میں ڈاکٹر نہیں ہوں بھائی۔ خدا کے لئے مجھے چھوڑ دو۔“

وہ تینوں دروازہ پر لگی نام کی تختی کی طرف اشارہ کرتے ہیں ”قمرالزماں۔ ایم۔ بی۔ بی۔ ایس۔“

مرزا اطمینان کا سانس لیتے ہیں اور تختی کے حروف پہ انگلی رکھتے ہیں۔ ”ممبر آف بیکار بیچلرز سوسائٹی۔“

پورے چالیس برس بعد جب ہمارے یار ناگ بھوشن نے پی۔ ایچ۔ ڈی کی ڈگری لی اور بڑے چاؤ سے اپنے دروازے پر ”ڈاکٹر ناگا بھوشن پی۔ ایچ۔ ڈی“ لکھ کر لگایا تو محلّے کے لوگوں نے دیکھا۔ ڈاکٹر تو ان کی سمجھ میں آ گیا لیکن ڈگری سمجھ میں نہیں آئی۔ اُنھیں اس سے کیا کرنا، نئی نئی ڈگریاں نکلتی جارہی ہیں۔ بہر حال ڈاکٹر ہے بس... پھر کیا تھا، آدھی رات ہے کہ لوگ آکر جگا رہے ہیں ”ڈاکٹر صاحب! بیوی کی حالت خراب ہے..... نانی کا آخری وقت ہے، دادا باتھ روم میں گر گئے ہیں، بچّی کو بُرے بُرے خواب نظر آرہے ہیں...

پہلے پہلے تو وہ لوگوں کو بٹھا کر سمجھاتے کہ ان کی ڈگری اس ڈاکٹر کی ہے جو علاج نہیں کرتا بلکہ یہ سائنس یا آرٹ کی سب سے بڑی ڈگری ہے اور اصلی ڈاکٹر تو یہی لوگ ہیں۔ یہ علاج کرنے والے زبردستی خود کو ڈاکٹر کہلواتے ہیں حالانکہ وہ صرف گریجویٹ ہوتے ہیں...“

لیکن بعد میں وہ بیزار ہو گئے تھے اور یہ کہہ کر واپس کر دیتے کہ ”میں ڈاکٹر نہیں ہوں“ اللہ

بیوی کے سامنے توبہ کرتے کہ انھیں اصلی ڈاکٹر ہوتے ہوئے بھی جھوٹ کہنا پڑتا ہے کہ وہ ڈاکٹر نہیں ہیں۔ آخر مسئلہ خود حل ہو گیا۔ چونکہ کسی نے تختی پر سے ''ڈاکٹر'' کا لفظ ہی کھرچ ڈالا شاید کہہ کر کہ'' سالا دھوکا دیتا ہے''۔

پہلے زمانے کی ڈگریوں کے مخفف (شارٹ فارم یا اختصارات) کس قدر آسان ہوا کرتے تھے۔ جیسے ''منشی'' جو بیک وقت قابلیت کے ساتھ ساتھ وہ کیا کام کرے گا یا کر سکتا ہے یہ بھی بتا دیتی تھی۔ ''منشی فاضل'' کی ڈگری سے معلوم ہوتا تھا کہ وہ شخص کچھ زیادہ ہی منشی ہو چکا ہے اور پھر'' مولوی فاضل''۔ واہ کیا ڈگری تھی کہ سنتے ہی آدمی کی قابلیت، حلیہ، شکل وصورت سامنے آجاتے تھے۔

۱۹۲۹ء میں شاید ڈاکٹر اقبال کو نظام حیدرآباد نے فلسفہ کے لکچرز دینے کے لئے بلوایا تھا۔ والد مرحوم غفور حسین صدیقی فرماتے تھے عثمانیہ یونیورسٹی میں ان کی ڈاکٹریٹ کا بڑا چرچہ تھا۔ اس پر پروفیسر وحیدالدین سلیم نے جھنجلا کر کہا تھا '' ارے کیا پی۔ایچ۔ڈی پر حیران ہوتے ہو، چند سال میں اس یونیورسٹی میں بھی پی۔ایچ۔ڈی ہونے لگیں گے''۔

لوگوں نے غدر ۱۸۵۷ء کے بعد کے دور میں انگریز ڈپٹی کمشنرز اور ڈپٹی کلکٹرس کو مختصر کر کے'' ڈپٹی'' کر دیا چنانچہ آپ ڈپٹی نذیر احمد کا نام سنتے پڑھتے ہیں۔ وہ دراصل ڈپٹی کلکٹر تھے۔ پھر آئی۔سی۔ایس آیا۔ لوگ ان کو انگریز کا نوکر سمجھتے تھے۔ جوشؔ نے لکھا ہے کہ نظام کے وزیر اعظم سینٹر اکبر حیدری کو'' سر'' کا خطاب ملا تو انھوں نے نوجوان جوشؔ سے کہا کہ وہ ان کا قصیدہ لکھیں۔ جوشؔ نے جواب دیا تھا کہ جناب ہمارے حساب سے تو جس کو انگریز خطاب دیتا ہے اس پر ماں کی گالی ہو جاتی ہے۔

لیکن حالیہ دور میں شارٹ فارم'' آبادی'' کی طرح اُبل پڑے ہیں۔ لوگ جیسے'' سیدھے منہ بات'' کرنا ہی بھول گئے ہیں۔ ایک ریٹائرڈ میجر نے بتایا کہ یہ دراصل دوسری جنگ عظیم کا نتیجہ ہے جس سے ابر ویشن کے بطور ہیروشیما پر کئی بموں کی بجائے صرف ایک ایٹم بم گرایا

گیا تھا۔ ایک مولوی صاحب نے اس کو آثار قیامت قرار دیا تھا لیکن ایک خوبصورت چیز نے اسکو "ڈسکو زبان" کہا جس میں صرف جھٹکے ہوتے نہیں ہوتے۔

افضل گنج بس اسٹاپ پر ایک صاحب سے سلام علیک ہوئی تو انھوں نے بغیر پوچھے ہی کہا " P.M. ہوگیا بھئی "

ہم حیران، یا اللہ! یہ کیا ماجرا ہے۔ یہ P.M بن گیا۔ ایک لمحہ کے لئے دل میں حسد کی چنگاری بھڑکی جیسے " جولیس سیزر" میں کیاشیس، بروٹس کو سیزر کے خلاف بھڑکانے کے لئے کہتا ہے"۔ اور وہ (سیزر) بلند ہوتے ہوتے خدا بن بیٹھا اور ہم ایک گھٹیا مخلوق ہی رہ گئے"۔

پھر دماغ نے کہا " ارے یہ کیٹیچر P.M کیسے ہوسکتا ہے ہوش کے ناخن لو۔ ناخن کا خیال آتے ہی ہم نے جسم کے کسی حصہ کو کھجایا اور اس سے بلا ارادے کے سوال کر ڈالا۔

" کون P.M ہوگیا "

.. وہ بولا " کون ؟ ...... ارے اپنے محمد بھائی کا قصہ تم کو نہیں معلوم ؟ .... اُن کا کل حادثہ ہوگیا تھا"۔

ہم نے بے چینی سے کہا " ارے بھائی پھر P.M کا کیا قصہ ہے ؟"

وہ بولا " ہاں بھائی۔ اُنہی کا P.M یعنی پوسٹ مارٹم ہوگیا اور لاش مل گئی"۔

ہم نے ٹھنڈی سانس بھری اور پھر رسماً محمد بھائی کی طرف متوجہ ہوئے۔

ایک امریکی صنعت کار نے بتایا کہ ان لوگوں نے سوچا ہے کہ "میڈ اِن U.S.A" لکھنے سے بڑی گڑبڑ ہے۔ چونکہ یہ حروف کئی معنوں کو ظاہر کرتے ہیں جیسے اس کا مطلب بمبئی میں اُلہاس نگر سندھی ایسوسی ایشن" بھی ہوتا ہے۔

یہ عجیب بات ہے کہ میڈیسن میں مختصرات کا استعمال بہت زیادہ رواج پا گیا ہے۔ ایک گفتگو ملاحظہ ہو۔

"آپ کے والد کیسے ہیں؟"

"اب وہ .A.C.U (اکیوٹ کیئر یونٹ) میں ہیں۔"

"کتنے دن سے وہ دواخانہ میں ہیں؟"

"جی دو ہفتے وہ آئی۔ سی۔ یو (انٹنیو کیئر یونٹ) میں تھے۔"

"کیا ہے اُن کو؟"

"ان کو .H.P ہے (ہائی بلڈ پریشر)۔"

(چڑ کر) "تو ان کا .L.P (لانگ پلے ریکارڈ) ابھی چل رہا ہے۔"..

"جی... جی ہاں۔ پہلے اُن کو .L.P (لو بلڈ پریشر) ہی سمجھے تھے۔"

"دواخانہ میں کیسے داخلہ ملا ڈاکٹر کو رشوت دے کر یا سفارش سے؟"

"جی رشوت دے کر، پھر اس نے .O.P (آؤٹ ڈورپیشنٹ) میں بلا کر لکھا۔ اے۔ اے آئی۔ پی (اڈمٹ ایس اِن ڈور پیشنٹ) لکھا تھا۔"

اس طرح مخففوں کا استعمال کرنے کا فیشن چل نکلا ہے۔ ایک حسین نہ ہوتے ہوئے بھی خود کو حسین تصور کرنے والی لڑکی سے کسی نے پوچھا "ڈیڈی کہاں ہیں؟"

وہ بولی "پی۔ ایم (.P.M) کی طرف گئے ہیں۔"

یہ سن کر موصوف چکرائے اگر دہلی میں ہوتے تو اس کا مطلب پرائم منسٹر ہی سمجھتے لیکن جب شہر حیدرآباد میں ہیں تو اس کا مطلب کیا ہو سکتا ہے... انھوں نے پوچھا

"پوسٹ ماسٹر سے؟"

"نہیں بھئی"

"تو پھر.......؟"

"دیکھئے، وہ چیز شوق کی ہے.... نہیں سمجھے، اللہ! اتنی سمپل بات ہے۔"

"پرمننٹ مستری؟"

" نو، نو۔ آپ کو نہیں معلوم۔ ہم ینگ لوگ پرمیشوری مہیشوری سنیما کو P.M. بولتے ہیں"۔

کسی دفتر میں جائیے تو ساری گفتگو مختصرات میں چلتی ہے۔ C.L. (کیزول لیو)، E.L. (ارنڈ لیو)، A.O. (اڈمنسٹریٹیو آفیسر) یہاں تک کہ P.S (پلیز اسپیک) اور پی۔ پی (پلیز پٹ اَپ) اگر کہیں آپ D.D. لکھا دیکھیں اور یہ بات بینک کی ہوگی تو اس کا مطلب ہوگا ڈیمانڈ ڈرافٹ، اگر محکمہ کی ہوگی تو ڈپٹی ڈائرکٹر۔

اگر من مانے مختصرات استعمال کرنے کا یہی حال رہا تو پریشانیوں کا باعث بھی ہوسکتا ہے۔ کہتے ہیں ایک دفتر میں ایک نصف صدی قبل کی فائل پر اس وقت کے ناظم کے کسی اہم فیصلہ کو دیکھنے کی ضرورت پیش آئی تو لوگ یہ دیکھ کر چکرا گئے کہ فیصلہ میں ایک دائرہ تھا جس کے بیچ میں ایک صفر تھا۔ اس کا مطلب نکالنے کی کوشش ناکام ہوئی تو ایک صاحب نے کہا کہ ان کے دادا جو سو سال پورے کر چکے ہیں اور کبھی کبھی غلطی سے بغیر عینک کے پڑھ لیتے ہیں۔ شاید اس کو پڑھ سکیں۔

چنانچہ فائل ان کے سامنے رکھی گئی تو انھوں نے ایک سیکنڈ سوچے بغیر کہا، "ارے یہ تو "پلیز ڈسکس" لکھا ہے۔۔۔" سوچئے اگر دادا اتفاقاً سو سال زندہ نہ رہ جاتے تو کیا ہوتا۔

آجکل ایک اور بات کا چرچا ہے N.R.I. یعنی نان ریسیڈنٹ انڈین۔ اس میں سے آپ اگر "N" نکال دیں تو مطلب ہوگا وہ جو ملک کے باہر تھا اندر آگیا یعنی "R.I." ہوگیا جبکہ R.I. خود مختصر ہے۔ ایگوریس امپرزنمنٹ RIGOROUS IMPRISONMENT (قید بامشقت) کیا پتہ کی بات ہوئی۔

●●

انگوٹھی اور قسمت کے کھیل

ایک مفید حکایت ہے کہ علم نجوم کے ایک ماہر نے اپنے گاؤں کے سب سے ناکارہ لڑکے کو اپنا شاگرد بنایا اور سارا علم اس کو سکھادیا۔ شاگرد نے استاد کے پاؤں چھوئے اور اجازت طلب کی "گرودیو! میں پرائیویٹ پریکٹس کرنا چاہتا ہوں"۔

استاد نے کہا "بچہ! علم نجوم کو بطور پیشہ اختیار کرنے سے پہلے تجھے اپنی اہلیت کا ٹسٹ دینا پڑے گا"۔۔۔۔۔ مورخ اس واقعہ کو پبلک کمیشن کے امتحان کی اوّلیں مثال قرار دیتے ہیں۔

استاد نے جیب میں ہاتھ ڈالا اور بند مٹھی نکال کر شاگرد کو دکھائی اور پوچھا "اب نجوم کے حساب ڈال اور بتا کہ میری مٹھی میں کیا ہے؟"

شاگرد نے حساب کتاب کر کے مٹھی پر انگلی رکھ کر کہا "گرودیو! اس میں چکّی کا پاٹ ہے۔ چونکہ حساب بتاتا ہے کہ آپ کی مٹھی میں کوئی گول چیز ہے جس کے درمیان میں سوراخ ہے"۔

اگرچہ استاد نے سر پیٹ لیا لیکن چونکہ لڑکا نجوم میں پکّا ہو چکا تھا اس لئے کامیابی کی سند دے دی لیکن نصیحت کی "میری مٹھی میں انگوٹھی ہے۔ چونکہ تجھ میں "کامن سینس" کی کمی ہے لیکن تو کامیابی کی سند رکھتا ہے اس لئے تیرے لئے مناسب ہے کہ تو سرکاری نوکری میں داخل ہو جا"۔

انگوٹھی کو بطور امتحان کے پرچہ کے استعمال کرنے کا یہ واقعہ بھی ہندوستان میں پہلی

دفعہ ہوا تھا پتہ نہیں کیسے یہ چینی سیاحوں کی نظر سے پوشیدہ رہ گیا۔ ویسے بھی تاریخ جس طرح یہ بتلانے سے قاصر ہے کہ سب سے اوّلین انگوٹھی کس نے اور کیوں بنائی تھی اسی طرح اس میں یہ کہیں نہیں لکھا گیا کہ پہلی انگوٹھی کس نے اور کیوں پہنی تھی۔

لیکن یہ ضرور ثابت ہے کہ حضرت عیسیٰؑ سے قبل ہندوستان میں انگوٹھی کا بطور منگنی کی علامت کے استعمال شروع ہو چکا تھا۔ کالیداس کا مشہور ڈرامہ "شکنتلا" ایک انگوٹھی کے اطراف ہی بنا ہوا ہے۔

"شکنتلا" کا ہیرو راجہ دُشینت، ہیروئن شکنتلا کو شادی کر کے ایک انگوٹھی دیتا ہے۔ چونکہ شکنتلا کو پاسپورٹ کی تیاری وغیرہ اور ویزا کے حصول میں وقت درکار تھا اس لئے راجہ اسے بعد میں آنے کے لئے چھوڑ کر روانہ ہو گیا تھا لیکن تاکید کر دی تھی کہ وہ آتے وقت اس انگوٹھی کو اپنے ساتھ ضرور لائے ورنہ وہ اس کو پہچاننے سے قاصر رہے گا۔ لیکن شکنتلا انگوٹھی کو کھو کر ڈرامہ میں ڈرامہ پیدا کر دیتی ہے اور آخر انگوٹھی ملنے پر ہی راجہ ڈرامہ ختم کرنے کو تیار ہوتا ہے۔ چونکہ راجاؤں کے پاس بیویوں اور شادیوں کا حساب انگوٹھیوں سے چلتا تھا۔

تاریخ ہندوستان میں ہے کہ اکبر نے راجہ مان سنگھ کو اپنا سالا بنا لیا تھا تو راجہ نے اس کے بدلے میں پانچ سو اشخاص کو اپنا سالا بنا ڈالا تھا۔ جب وہ مرا تو اس کی چتا پر کئی سو رانیاں ستی ہو گئیں۔ اکبر اعظم سے لوگوں نے اس اجتماعی ستی کو روکنے کی التجا کی تھی۔ لیکن اکبر نے " ہندو پرسنل لا" میں مداخلت کو مناسب نہیں سمجھا۔ ویسے اس کو راز کی رپورٹ مل چکی تھی کہ رانیاں کوئی "دستی" نہیں تھیں۔

اس دور کو چھوڑیئے۔ اس دور میں بھی لوگ اپنی محبوباؤں کو انگوٹھیاں دیتے ہیں حتیٰ کہ مغربی ملکوں میں تو عورتیں انگوٹھیوں سے ہی اپنے شوہروں کی گنتی کرتی تھیں۔

ہندوستان میں ایسا نہیں ہے لیکن یہاں لوگ کسی عورت کی انگلی میں انگوٹھی دیکھ کر یہ فیصلہ کر لیتے ہیں کہ اس عورت سے دوستی کرنے کے لئے اس کے شوہر سے دوستی ضروری ہے۔

مغربی ملکوں کی عورتیں طلاق ہوتے ہی انگوٹھی اتار کر رکھ لیتی ہیں اور پھر سے "مس" بن جاتی ہیں۔ ہندوستانی عورتیں ایسا کوئی سائن بورڈ استعمال نہیں کرتیں ویسے منگنی کی انگوٹھی بھی عورت صرف شادی تک ہی پہن سکتی ہے چونکہ شادی کے بعد موٹاپے کی وجہ سے انگوٹھی کو اتار دینا پڑتا ہے۔

ایک صاحب اپنی ہونے والی بیوی کے لئے خریدی کرنے گئے تو اپنے عزیز دوست شرفو میاں کو بھی ساتھ کر لیا۔ جب وہ شرٹس کے کپڑے خریدنے لگے تو شرفو میاں نے انھیں منع کیا۔ "یار! بس ایک دو ہی خریدو۔"

وہ شرٹس درزی کو دینے لگے تو پھر منع کیا "سلواؤ مت بھائی۔"

وہ سلے ہوئے لہنگے خریدنے لگے تو انھوں نے پھر ٹوکا "کپڑے خرید لو، لہنگے مت خریدو۔"

وہ ساڑے خریدنے بڑھے تو شرفو میاں نے پھر روکا "دوست! غیر ضروری شاپنگ مت کرو، پتہ نہیں شادی بعد تمہاری بیوی کی کمر کا ناپ کیا ہو۔"

تنگ آکر انھوں نے کہا "ساڑیاں خرید لوں یا وہ بھی شادی کے بعد چھوٹی پڑ جائینگی۔"

تو شرفو میاں نے کہا "بھئی خدا کرے کہ ایسا نہ ہو۔"

انگوٹھیوں پر قیمتی پتھر جڑ کر پہننے کا بھی رواج ہے۔ مالدار لوگ قیمتی پتھر جڑتے ہیں۔ اور عام خیال یہ ہے کہ غریب لوگ معمولی پتھر جڑ کر پہنتے ہیں۔ کبھی ایسا بھی ہوتا ہے کہ مالدار لوگ معمولی پتھر جڑ کر پہن لیتے ہیں تو لوگ اسے قیمتی اور اصلی سمجھ کر خوب تو تعریف کرتے ہیں جبکہ اگر کوئی غریب آدمی قیمتی پتھر جڑ کر پہن لیتا ہے تو لوگ کہتے ہیں "واہ استاد! تمہاری انگوٹھی کا پتھر تو اصلی نگینہ کی طرح دمک رہا ہے"۔

حیف اس چارہ گرہ نگینہ کی قسمت غالب
جس کی قسمت میں ہو مفلس کی انگوٹھی ہونا

بعض لوگوں کا خیال ہے کہ بعض پتھر پہننے والے کے لئے مبارک اور بعض منحوس ہوتے ہیں۔ ایسے لوگ "کوہ نور" ہیرا کی مثال دیتے ہیں جو گولکنڈہ کے قلعہ میں پہنچا تو بادشاہ "تاناشاہ" کی وہ درگت بنی کہ بے چارہ اپنے بنائے ہوئے مقبرہ میں بھی دفن نہ ہوسکا۔ اورنگ زیب نے اسے اورنگ آباد میں قید کیا تھا اور وہ وہیں دفن ہو۔ محکمۂ آثار قدیمہ نے اس کے خالی مقبرہ کو "ٹکٹ گھر" میں تبدیل کر دیا ہے کہ لوگ عبرت حاصل کریں جو ٹکٹ کے ساتھ فری دی جاتی ہے۔

اورنگ زیب اس ہیرا کو دہلی لے گیا تو کشمیر سے راس کماری تک پھیلی ہوئی مغلیہ سلطنت سمٹ کر دلّی تا پالم رہ گئی اور پھر محمد شاہ رنگیلے سے چھین کر نادر شاہ اسے ایران لے گیا تو اس کے ساتھیوں ہی نے اسے قتل کر دیا۔ ایران سے انگریز اسے لندن لے گئے تو اُن کی سلطنتِ برطانیہ جس میں سورج غروب نہیں ہوتا تھا خود ہی غروب ہو گئی......

سنا ہے اس ہیرا کو برطانیہ نے ہندوستان کو واپس دے دینے کی پیش کش کی ہے۔ ....لیکن حکومت ہند کو ڈیگو گارشیا میں برطانوی فوجوں کی موجودگی میں اس ہیرا کو حاصل کرنے میں پس و پیش ہے۔

ہمارے نادان دوست مرزا علی مظہر خود کو پتھروں کے علم میں ماہر تصوّر کرتے تھے۔ وہ موٹر سیکل کو صرف ایک "کِک" مارتے، اسٹارٹ نہ ہونے پر بائیں ہاتھ کی دوسری انگلی کی تیسری انگوٹھی اتار کر جیب میں ڈال لیتے تھے اور پھر "کِک" مارتے، دو چار بار میں اسٹارٹ ہو جاتی تو وہ فخر سے کہتے " اس انگوٹھی کے سالے پتھر کی وجہ سے اسٹارٹ نہیں ہو رہی تھی دیکھا آپ نے؟

خوش قسمتی لانے والے پتھروں کی تلاش ان کا مشغلہ تھا۔ ایک دن انھوں نے اعلان کیا کہ انھیں ایک "بڑا" لکّی" پتھر مل گیا تھا جو بقول اُن کے کلیجہ کے رنگ کا تھا۔ انھوں نے اس بڑے پتھر کو جڑ کر پہن لیا۔ ویسے پہلے ہی ان کے ہاتھوں کی انگلیوں میں کئی انگوٹھیاں رہتی تھیں جن میں سے دو کے بارے میں ان کا خیال تھا کہ وہ دو ایسی بیماریوں کو روکے ہوئی!

تھیں جو ناقابل علاج تھیں۔ دو بڑی بڑی انگوٹھیاں ایسی تھیں جن کے بارے میں ان کا خیال تھا کہ لڑکیاں انھیں دیکھ کر بے حد خوش ہو کر جان چھڑکتی ہیں حالانکہ اس قدر بڑی انگوٹھیاں دیکھ کر لڑکیاں ہنسی نہیں روک سکتی تھیں۔

ایک سرپھرے نے ان سے پوچھا" اس پتھر کی کیا خصوصیات ہیں؟"

وہ بولے" بڑا لکی پتھر ہوتا ہے میاں!"

اس نے پوچھا" ایسا ہوتا تو ہر شخص ایک پتھر پہن کر سونے کے تخت پر بیٹھ جاتا۔"

وہ چڑ کر بولے" ارے اتنا بڑا پتھر، بے داغ، کلیجہ کے رنگ کا ملتا کہاں ہے میاں سب کو؟"

اس نے پوچھا" پھر آپ کو کہاں سے مل گیا؟"

وہ بولے" اتفاق سے ہمارے محلہ کے مارواڑی کے پاس کسی نے رہن رکھ دیا تھا میں نے اس سے خرید لیا تھا۔"

اس نے کہا" واہ وا! کیا لکی پتھر ہو گا کہ کم بخت نے آخر اس کو بھی رہن کرکے شاید ایک وقت کی روٹی خرید لی ہو گی۔ خیر یہ تو بتائیے کہ یہ آپ کو کس قدر لکی ثابت ہوا؟"

وہ بولے" ارے میاں! اس کو پہننے کے بعد میں نے دو بار خودکشی کرنے کی کوشش کی لیکن بچ گیا، دو بار حادثے ہوئے لیکن بات صرف ایک ہاتھ اور ایک آنکھ کھونے کی حد تک رہی۔ اندازہ کرو اگر یہ نہ ہوتا تو کیا ہو جاتا؟"

ایک عامل صاحب نے اپنی انگلیوں میں کئی انگوٹھیاں پہن رکھی تھیں۔ ہم نے ان سے پوچھا" قبلہ! کیا واقعی مختلف رنگ و نسل کے پتھروں کی علیحدہ علیحدہ تاثیر ہوتی ہے؟"

تو وہ دیر تک داڑھی کو چباتے رہے۔ ہم نے پھر پوچھا" ارے قبلہ! کچھ کہئے بھی؟"

وہ بولے "گو کہنے کا ارادہ کئے ہوئے عرصہ گزر گیا لیکن سوچ صرف یہ رہا ہوں کہ اپنے دعوے کے ثبوت میں مثال اپنی ہی دوں یا فرضی گھڑ لوں۔"

ہم نے کہا "قبلہ! مثال تو ہمیشہ اچھی ہی دی جاتی ہے چاہے وہ بڑے انسان ہی کی کیوں نہ ہو۔"

وہ سمجھے نہیں۔ بولے "دیکھئے! اس الماس نے میری کئی شادیاں کروائی ہیں۔ اس بھورے رنگ کے پتھر نے ہمیشہ بذریعہ طلاق بیویوں کے اخراج کو قائم رکھا ہوا ہے۔ اس کالے پتھر کی وجہ سے میری بیویاں مجھ جیسے بے ہودہ انسان کے ساتھ رہنا گوارا کرتی ہیں اس کے علاوہ ایک یرقانی رنگ کا نگینہ میں اپنی بیویوں کو بھی پہناتا ہوں۔ اس کی تاثیر کچھ ہے لیکن میں نے بیویوں کو کچھ اور ہی بتا رکھی ہے۔"

ہم نے پوچھا "کچھ کیا ہے اور کچھ کیا بتا رکھی ہے۔"

وہ پھر اپنی داڑھی کو چبانے لگے۔

ہم نے کہا "آپ کی داڑھی گویا مفت کا بل گم ہے۔"

وہ بولے "دراصل میں پھر سوچ رہا ہوں کہ بات آپ کو بتاؤں یا نہ بتاؤں۔"

ہم نے کہا "ہمیں آپ تاثیر بتا رہے ہیں اپنی بیویاں تو بتا نہیں رہے ہیں۔"

انھوں نے کہا "خیر۔ تو صاحب میں نے ان سے کہا ہے کہ اس پتھر کے پہننے سے ان کا حسن ہمیشہ قائم رہے گا حالانکہ اس کی تاثیر یہ ہے کہ وہ کبھی بیوہ نہیں ہو سکتیں۔"

ہم نے تعجب سے پوچھا "ارے۔ اگر آپ ان کو یہی بات بتا دیتے تو کیا ہوتا؟"

وہ ہنس کر بولے "واہ! ہو سکتا ہے وہ بیوہ ہو جانے کو ترجیح دیتیں۔"

قدیم قصے کہانیوں میں انگوٹھی کا ایک اور استعمال بھی ملتا ہے۔ راجہ مہاراجہ شہزادیاں اور امراء اور رئیس ایک ایسی انگوٹھی ہمیشہ پہنے رہا کرتے تھے جس کے نگینہ کے نیچے ایک خانہ ہوتا تھا جس میں قاتل زہر ہوتا تھا جو عام طور پر کسی کو ہلاک کرنے اور کبھی کبھی خود کو قتل کرنے کے

کام آتا تھا۔

آپ ایک انگوٹھی کا تصور کیجئے جو ایک شہزادی کی انگلی میں دمک رہی ہے۔ وہ اپنی خوبصورت خوابگاہ میں، نرم مخملیں بستر پر لیٹی ہوئی ہے اور اس کے پھول سے گالوں پر بقول ساحر، آنسو رکنے کو ترس رہے ہیں۔ اس کا قصہ وہی سلیم اور انارکلی والا ہے۔ اس کا محبوب ایک غریب آدمی ہے اور صاف بات ہے کہ دونوں کی شادی کامیاب نہیں ہو سکتی، گو محبّت کی کامیابی میں کوئی دشواری نہیں ہو سکتی۔

......تو شہزادی کے آنسوؤں سے تکیہ بھیگ چکا ہے۔ ہوا کے جھونکے کھڑکیوں سے آ آ کر پردوں کو اڑا رہے ہیں، شمعیں جل رہی ہیں، چونکہ وہ اصلی شمعیں نہیں ہیں بلکہ بجلی کی ہیں صرف ڈزائن شمعوں کا ہے.......آخر شہزادی نے اپنی انگلی کو حسرت سے دیکھا اور اس کا نگینہ ہٹایا تو اندر تہ خانہ نکلا۔ اس میں ایک سفوف تھا شہزادی نے سفوف کو زبان پر الٹ دیا اور بستر پر لمبی لمبی لیٹ گئی...... جی ہاں۔ آرام سے صبح تک چونکہ وہ نیند لانے والا سفوف تھا اور وہ چاہتی تھی سے

آج کی رات ساز پر درد نہ چھیڑ

وہ رات آرام سے گزارنا چاہتی تھی۔ دوسرے دن اس کی شادی ایک ٹکر کے شہزادہ سے ہونے والی تھی..... وہ بہت خوش تھی۔ چونکہ عشق بھی جاری تھا اور شادی بھی ہو رہی تھی یعنی ؎ رند کی رند رہی ہاتھ سے جنّت نہ گئی۔

وہ آنسو یوں ہی بہا رہی تھی۔ چونکہ رسمِ دنیا بھی تھا، موقع بھی تھا اور دستور بھی تھا۔ وہ چاہتی تھی کہ اس طرح دفا کی لاج رہ جائے۔

البتہ غریب آدمی اس وقت اپنی کٹیا میں بڑا جذباتی ہو رہا تھا۔ اُس نے نے اپنے کپڑے، سامان سب خیرات کر دیا تھا، جو کچھ روپیہ تھا وہ گاؤں میں ماں باپ کو منی آرڈر کر دیا تھا اور خودکشی کے لئے تیار ہو کر اس نے بھی سفوف پھانک لیا

جو شہزادی نے آخری بیچلر ملاقات پر اس کو دے دیا تھا......... وہ زہر سمجھ کر کھا رہا تھا حالانکہ وہ رات آرام سے گزار کر صبح شادی کے کاموں میں لگ جانے والا تھا۔

▲▲

صاحب طرز مزاح نگار

مہدی نظمی

محمد برہان حسین ملک کے ممتاز و معروف مزاح نگار ہیں۔ نریندر لوتھر کے بقول وہ پیشے سے سائنسداں ہیں اور طبیعت سے فن داں۔ وہ زندگی کے قریب رہ کر روزمرہ کے واقعات اور شخصیات کو ڈی بنک DEBUNK کرتے ہیں۔ یہ خوبی مشاہدہ کی تیزی اور دوربینی کی دین ہے۔ سنئے تو قہقہہ، پڑھئے تو تبسم زیرلب، لطافت اور فرحت کا دیرپا احساس، یہی اچھے مزاح کی پہچان ہے اور یہی برہان کی دوکان پر ملتا ہے۔ ظاہر ہے کہ یہ دوکان خوب چلے گی۔

جیلانی بانو کا کہنا ہے کہ برہان حسین کی تحریر شگفتہ اور دلچسپ ہے ان کے بارے میں کچھ نہیں بلکہ بہت کچھ کہنے کو جی چاہتا ہے کیوں کہ انھوں نے آج کے اعصابی تناؤ والے ماحول اور دکھتے ہوئے دلوں کے لئے اپنی شوخ اور دلکش تحریروں سے آکسیجن پہنچانے کا کام لیا ہے۔

عثمانیہ یونیورسٹی حیدرآباد کے پروفیسر ابوظفر عبدالواحد کہتے ہیں کہ "مضمون مختصر و مفید کے علاوہ اس کی پیشکش اور پیرایۂ بیان خاصہ دلکش اور مدلل ARGUMENTATIVE ہے۔

جناب نکر تونسوی کے بیان کے مطابق انھوں نے محمد برہان حسین کی تخلیقات کا مطالعہ کیا ہے اور اپنے سے بہتر نہیں تو اپنے سے کم بھی نہیں پایا۔

خود جناب محمد برہان حسین کو اس امر کا اعتراف ہے کہ جن لوگوں کی تحریروں نے انھیں مزاح لکھنے کی ترغیب دی ہے ان میں جناب شفیق الرحمٰن، پطرس، شوکت تھانوی اور کنھیالال کپور شامل ہیں۔ جناب مصطفےٰ کمال ایڈیٹر "شگوفہ" نے بھی انکی بحیثیت مزاح نگار صورت گری کی

اور کہا کہ اگر انھیں دوسرے آبگینوں کے ٹھیس لگ جانے کا ڈر نہ ہوتا تو وہ ان کی ضرور تعریف کرتے۔ "رہنمائے دکن" کے ایڈیٹر سید وقارالدین بھی ان کی مزاح نگاری کے معترف رہے۔ ڈاکٹر سلمیٰ جلیل حسن سائنسی زمین استوار رکھنے کے باوجود جناب محمد برہان حسین کی مزاح نگاری کو یہ کہہ کر سراہتی رہیں کہ ہم لوگ سائنسداں تو ہیں ہمیں انسان بھی بننا چاہیئے جس کی علامت ہنسی ہے۔

جناب محمد برہان حسین کا کہنا ہے کہ اس عالم رنگ و بو میں ان کے اولین محسن انکے والد مرحوم حضرت محمد غفور حسین صدیقی تھے جو عثمانیہ یونیورسٹی کے اولین طلبا میں سے ایک تھے وہ پچاس سال کی عمر تک شب و روز مطالعہ میں مصروف رہے لیکن یہ اچھا ہی ہوا کہ انھوں نے جگر بند کی کوئی کتاب نہیں پڑھی اس طرح ان کا ادبی ذوق بے داغ رہا۔

رامپور کے معروف و فاضل حکیم جناب محمد احسن خان کی صاحبزادی جناب سکندر جہاں سے جناب محمد برہان حسین کی شادی ہوئی ہے رامپور اردو ادب کا تیسرا اسکول سمجھا جاتا ہے اس لئے قدرتی بات ہے کہ جناب محمد برہان حسین کو ستھری اردو کا فرحت آگیں ماحول ملا لیکن جناب محمد برہان حسین کا کہنا ہے کہ یہ دونوں میری تحریروں پر کبھی نہیں ہنستے اسلئے شاید مشتاق احمد یوسفی کا یہ قول ٹھیک ہی ہے کہ یہ لوگ خود روتوش مزاح نگار ہیں۔

آسان اور دلکش اردو لکھنے کا ذوق جن انشا نگاروں کی تحریریں پڑھ کر بیدار ہوا۔ ان میں سے ایک حضرت خواجہ حسن نظامی مرحوم بھی ہیں جو خود صاحب طرز تھے اور جن کے اسلوب نگارش کی وہ لوگ بھی ابھی تک نقل اتارنے میں کامیاب نہیں ہوئے جو زاغ و زغن کی آواز تک کی نقل اتار لینے میں مہارت رکھتے ہیں۔

زیر نظر کتاب اس ممتاز مزاح نگار کی تحریروں کا مجموعہ ہے جس کے اندازِ نگارش کی ملک کے سبھی اہلِ دانش و اربابِ قلم تعریف کرتے ہیں۔ اس مجموعہ میں جو مضامین ہیں ان میں سے کئی پرانے ہیں جن پر جناب محمد برہان حسین نے نظرِ ثانی کی ہے اور کئی مضامین بالکل ہی تازہ اور نئے ہیں جنھیں پڑھ کر جناب محمد برہان حسین کے فن کے ارتقاء کا جائزہ لیا جا سکتا ہے مجھے امید ہے کہ یہ مجموعہ اردو کے مزاحیہ ادب میں گرانقدر اضافہ ثابت ہوگا اور سب ہی علمی حلقوں میں پسند کیا جائے گا۔

اردو زبان میں طنز و مزاح ایک صنف کی حیثیت سے کب داخل ہوا؟ اور وہ کون شخص تھا جس نے طنز و مزاح کو ادب کی ایک صنف بنا دیا؟ اس سوال کا جواب ان طلبار کے ذمہ ہے جو ادب کے مختلف شعبوں میں تحقیقات کا کام کر رہے ہیں، کیا دوسرے اصناف ادب کی طرح طنز و مزاح بھی فارسی سے اردو میں آیا یا اس کا سلسلہ انگریزی زبان سے ملتا ہے، غالب کے زمانے میں انگریز تو آ چکے تھے لیکن انگریزی زبان حکمرانوں کے حلقے تک محدود تھی، غالب کے کلام میں کئی شعر ایسے ہیں جو طنز و مزاح کی تعریف میں آتے ہیں مثلاً۔

روزہ مرا ایمان ہے لیکن غالب — خسخانہ و برف آب کہاں سے لاؤں

جس پاس روزہ کھول کے کھانے کو کچھ نہ ہو — روزہ اگر نہ کھائے تو ناچار کیا کرے

اسد خوشی سے مرے ہاتھ پاؤں پھول گئے — کہا جو اس نے ذرا مرے پاؤں داب تو دے

غالب کے خطوط میں بھی طنز و مزاح کی جھلکیاں دکھائی دیتی ہیں، مثلاً ایک تعزیتی خط میں لکھتے ہیں " یہ مغل بچے بھی خوب ہیں جس پہ مرتے ہیں اس کو مار رکھتے ہیں۔"

اردو صحافت کی عمر انیسویں صدی کی پانچویں دھائی سے شروع ہوئی، اور کچھ ہی وقت گزرا تھا کہ طنز و مزاح اردو اخباروں کا خصوصی کالم بن گیا، لکھنؤ سے شائع ہونے والے ہفتہ وار اخبار اودھ پنچ نے طنز و مزاح کا ایک معیار قائم کیا اس کے فاضل ایڈیٹر سجاد حسین مرحوم کا طنز محض مزاح یا مزاح محض مزاح نہیں ہوتا تھا بلکہ ان کی تحریروں میں بے پناہ IIT بھی ہوتی تھی، مثال کے طور پر ایک مرتبہ انہوں نے اودھ پنچ کے ٹائیٹل پر جارج پنجم کی انتہائی دیدہ زیب تصویر شائع کی اور اس کے نیچے لکھا ''فقیر ہند''، ظاہر ہے کہ اس وقت کے مروجہ قوانین کے اعتبار سے بادشاہ کو فقیر ہند لکھنا ایک جرم تھا لیکن انہوں نے اپنی ذہانت و فراست سے کام لیا اور خود کو اس جرم کی سزا سے اس طرح بچایا کہ اس اخبار کے چوتھے صفحے پر یہ تصحیح شائع کی۔

''کتابت کی غلطی سے صفحہ اوّل پر بادشاہ جارج پنجم کی تصویر کے نیچے فقیر ہند چھپ گیا ہے ناظرین تصحیح کرلیں اور فقیر ہند کی جگہ قیصر ہند پڑھیں''۔ اودھ پنچ نے بہت سے طنز نگار اور مزاح نگار پیدا کئے،

اکبر الٰہ آبادی نے نظم میں طنز و مزاح کے جو نمونے پیش کئے ان کے بارے میں بلا تکلف اور بلا تامل کہا جا سکتا ہے کہ وہ کسی بھی دوسری زبان میں طنز و مزاح کے پائے جانے والے نمونوں کے مقابلے میں کمتر نہیں ہیں، انہوں نے مسلمانوں کی عام زندگی میں مروج بہت سے رسوم پر طنز کئے بہت سی فرسودہ باتوں کا مذاق بھی اڑایا اور سامراج کی بے پناہ مادی قوت کو جاننے

کے باوجود ہندوستانی عوام کے دلوں میں حب الوطنی کے جذبات کو بیدار کرنے کی سعی بلیغ بھی کی۔

مولانا صفی دورِ متاخرین کے معروف شاعر تھے، ان کے سگے بھائی ظریف لکھنوی مزاح نگاری میں اپنا جواب نہ رکھتے تھے، بڑے ہی خوش مزاج اور زندہ دل تھے ان کے مجموعۂ کلام کا نام "دیوان جی" ہے جو مہاراجہ محمود آباد نے طبع کرایا تھا اس نام میں جو "لطف" ہے اسے محسوس کیا جانا چاہئے، انہوں نے اپنی ایک نظم "واہ بی میونسپلٹی جان کیا کہنا ترا" انگریزی حکومت کے زیر نگرانی ہونے والے الیکشن کا اور اس کے امیدواروں کا ایسا مذاق اڑایا ہے اور مختلف طبقوں میں بولی جانے والی زبانوں اس انداز سے پیش کیا ہے کہ سامع یا قاری اپنی ہنسی پر قابو نہیں رکھ سکتا، انہوں نے اپنے اور اپنے اقارب کے سبز کربلا کو مسدس کی صورت میں نظم کیا ہے اور طنز و مزاح کے واقعی معیار کو ملحوظ رکھا ہے،

عصر حاضر میں سہل نگاری، یا ادب کے کمرشیلائزڈ ہو جانے کی بنا پر نظم و نثر کا معیار قدرتی طور پر گرا، اس کے ساتھ ساتھ جمہوریت کے نظام میں ادبی گروہ بندیاں وقت کا ایک ضروری تقاضہ بن گئیں اس لئے نظم و نثر کے گرتے ہوئے معیار کے ساتھ ہی ساتھ طنز و مزاح کا معیار بھی گرنے لگا اور سارا مزاح بیوی یا بیگم کے ارد گرد محدود ہو کر رہ گیا، اور اکثر مزاح کو پھکڑپن کا روپ دیا جانے لگا لیکن ناظر خیامی مرحوم نے ایک بار پھر طنز و مزاح کے معیار کو بلند کیا اور مشاعروں میں ان کی مقبولیت نے ظاہر

کیا کہ عوام کا مزاج معیاری مزاح پسند کرتا ہے غیر معیاری مزاح پسند نہیں کرتا اِس وقت ساغر خیامی، معیاری مزاح پیش کر رہے ہیں اور ملک میں ہونے والے مشاعروں میں بے حد مقبول اور   ہیں، ہلال رضوی رامپوری بھی جن کے کلام کا مجموعہ ''کہہ دوں'' کے زیرِ عنوان زیرِ طبع ہے معیاری مزاح پیش کرتے رہے ہیں۔

مزاح نگاری میں فکر تونسوی، کنہیا لال کپور، شوکت تھانوی، سالک اور کئی دوسرے معروف و فاضل اہلِ قلم اپنی Tالا اور سوچ کے اعتبار سے کسی بھی دوسری زبان کے مزاح نگاروں سے کم نہیں ہیں، لیکن اردو زبان کی تاریخ مرتب کرنے والوں نے ابھی تک مزاح نگاروں کا نہ کوئی خاص تذکرہ مرتب کیا ہے اور نہ ہی اس بارے میں کوئی خاص کھوج کی گئی ہے کہ ہماری زبان میں طنز و مزاح کب سے شروع ہوا اور اس صنف میں کن لوگوں نے Tالا کا لوہا منوایا،   زبان کے مختلف شعبوں میں تحقیق کرنے والوں کو اس طرف بھی توجہ کرنے کی ضرورت ہے۔

منتخب مزاحیہ مضامین کا ایک اور مجموعہ

محفلِ ظرافت

مصنف : برہان حسین

بین الاقوامی ایڈیشن جلد منظر عام پر آرہا ہے